全民微阅读系列

孤独如花

砌步者 / 著

江西高校出版社
JIANGXI UNIVERSITIES AND COLLEGES PRESS
南昌

图书在版编目(CIP)数据

孤独如花 / 砌步者著. -- 南昌：江西高校出版社，
2025.1. -- (全民微阅读系列). -- ISBN 978 - 7 -
5762 - 5062 - 6

Ⅰ. I247.82

中国国家版本馆 CIP 数据核字第 2024MZ5299 号

| 策 划 编 辑 | 陈永林 | 责 任 编 辑 | 王良辉 |
| 装 帧 设 计 | 英明菲凡 | 责 任 印 制 | 涂 亮 |

出 版 发 行	江西高校出版社
社 址	江西省南昌市洪都北大道96号
邮 政 编 码	330046
总 编 室 电 话	0791 - 88504319
销 售 电 话	0791 - 88511423
网 址	www.juacp.com
印 刷	永清县晔盛亚胶印有限公司
经 销	全国新华书店
开 本	700 mm × 1000 mm 1/16
印 张	12
字 数	170 千字
版 次	2025 年 1 月第 1 版
印 次	2025 年 1 月第 1 次印刷
书 号	ISBN 978 - 7 - 5762 - 5062 - 6
定 价	68.00 元

赣版权登字 -07 -2024 -522

文化自信从读写开始

杨晓敏

近年来，随着互联网技术的不断推广升级，现代信息技术已渗入各行各业。微博、微信、微小说、微电影，各类"微"产品，以网络阅读、手机阅读、电子器阅读、光盘阅读的形式进入大众视野，但这种碎片化、快餐式的电子阅读，仅仅可以作为传统阅读的一种有效补充与辅助，却不能完全代替传统阅读。

我国经济建设的腾飞，带动并刺激着文化事业的极大进步，而文化软实力的增长，又为经济跨越式发展提供了强有力的智力资本支持。正是这种强有力的智力资本支持，慢慢建立起我们的民族文化自信。

学习的基本途径就是阅读。一个人的阅读力量，决定个人学习的力量、思考的力量、实践的力量；所有人的阅读力量，决定一个民族文化的力量、精神的力量、创新的力量。伟大的中华民族复兴之梦，要靠全国人民共同来缔造、实现。提高全民素质，提升全民文化自信，繁荣民族文化，从阅读开始。

为了提高全民素质，建设书香社会，政府正采取一系列有效举措，营造阅读环境，倡导全民阅读。譬如开展读书日、读书月活动，一些地区通过整合全民阅读资源，打造了一批有广泛影响力的全民阅读"书香"品牌，还有些地区成立"农家书屋"，送书下乡，让书香、墨香飘进寻常百姓家。

作为近30年才成长起来的一种新文体，小小说的质朴与单纯，简

洁与明朗，加上理性思维与艺术趣味的有机融合及其本色和感知得到、触摸得着的亲和力，散发出让青少年产生浓郁兴趣的魅力。小小说是一种新文体的再造，那些优秀的小小说作品，是智慧的浓缩和凝聚，是一种机巧的提炼和展开。小小说是训练作家的最好学校。小小说贴近生活，紧扣时代脉搏。大千世界，瞬息万变，小小说能以艺术的形式，迅速地反映生活热点，传导社会信息，是开启社会生活的一扇窗口。小小说可以培养青少年的想象力，让他们展开飞翔的翅膀。近些年来，大量小小说编入高考作文，入选各类优秀阅读丛书，正为越来越多的年轻读者所喜爱，显示出它强大而茁壮的生命力。

北京辰麦通太图书有限公司提供的《全民微阅读系列》图书，至今已编辑策划 600 多册。它以全力助推全民阅读为宗旨，以务实求精的编选作风，为读者精心遴选了大批风格各异的小小说佳作，引领读者步入美好的阅读丛林。

北京辰麦通太图书有限公司具有优秀团队，在图书出版过程中，不但追求内容的丰富多彩，在装帧设计方面也力求超凡脱俗。在众多中国梦新时代文学丛书系列中，它像一朵充满朝气与活力的奇葩，正逐步形成自己恒久的品牌和名牌效应，为提升全民文化自信、实现中华民族伟大复兴添砖加瓦。

杨晓敏，河南省获嘉县人，生于 1956 年 11 月。河南省作家协会原副主席、河南省小小说学会会长。曾任《小小说选刊》《百花园》主编 20 余年，编刊千余期，著述七部，编纂图书近 400 卷。

自　序

　　对于文学梦，每个人都有自己选择的追梦方式，目标虽然一致，但甘苦各有各的不同。至于梦做得或长或短，也是由各自的卡路里去决定。

　　《孤独如花》是我出的第二本小小说集，第一本作品集是《自由行走》，由团结出版社于 2017 年 9 月出版，收录了我 2015 年至 2017 年 4 月的大部分作品。2018 年想再出一本，但是没整理出来，2019 年初，才花了些时间，整理了几十篇，推出这本小小说集。

　　回忆这几年的写作历程，我明白，付出与回报是成正比的，努力过就有收获。其实，每一个喜欢文字的人都有自己的一个文学梦，而我这场梦一做就是 30 多年。人的一辈子，有的记忆就如同自己身上的器官，永远在你的身上。只不过，器官附在身体上，而这些记忆是附在自己的魂魄里。

　　1986 年，我是一所山村小学的老师，那时候，文学梦在我脑海里迅速膨胀。一天，我在一本杂志里（那时候没有网络没有手机，一切信息都靠订的杂志获得）看到长春青年诗人函授班招生，学期一年，每月寄 3 首诗歌给学校，学费 16 元，我毫不犹豫地报名。我寄过去一封报名信，信里告诉了学校我的真实状况和真实水平，期盼加入函授班。不久，我就收到学校的回信，函授学习了一年。诗歌函授班肄业后，我的文学梦终究如同气泡泡，寿命很短，短得来不及去品其中的滋味。后来，由于生活所迫，我就不得不放下梦想，这一放，就是 20 多年。

　　多年来，我一边打工一边坚持写作，后来学会玩电脑，尝试着在电脑上写作。直到 2014 年，我一直是个网络写手，做了几个论坛的小说或诗歌版主，做过两个内刊的编辑。在网络论坛里耕耘了近 10 年，写了许许多多的网文，到了晚上下班后，就将自己泡在论坛里，写稿、审稿、编辑、放行，还得给作者写几句点评或者鼓励的话，乐此不疲。后来，由于网站关闭，那些文字就像失散的孩子，永远丢失了。2015年我才转投纸媒。自处女作《紫荆路》刊于2015年第5期《百花园》后，我的各类作品才陆续刊于全国各杂志报纸，这对于一个初涉纸媒的写作者，确实是一件很鼓舞的事。但是，我给自己的定位是摸着石头过河。

其实，对于写作，我觉得就像是一根绳子，打满了结，不可能顺顺利利穿越时光的缝隙。那么，只有执着、坚忍，才能够令自己坚持。由于工作是在私企，我的写作时间很有限，白天是绝对没有时间写作的，所以，只能向黑夜要时间，熬夜是家常便饭，当别人与城市一齐鼾声四起的时候，我却陪着月亮慢慢前行。电视、电影几乎全都舍弃，连我最喜欢的足球比赛也舍弃了。

在此，我想说说人为什么有梦。梦其实可以说是与理想紧密相连的，因此，才有了梦想。作为写作者，一定要有梦想，更要敢于有梦想。有了梦想，才会去实现，所以说梦想是成功者的阶梯，是出发点，也可以说是去拼搏的源泉和动力。作品不是生活的复制品，必须提炼、加工。作品是生活的鞭子，不能做生活的辫子。写出来，也有其存在的必然价值——这必然价值，就是引起读者的思考，若作品有生命力的话，更会引起后来的一代代人思考。这是我的作品中所追求的，是必须追求的。作品要有故事，更应该有社会考量、思想和灵魂。

诚然，写作是孤独、寂寞的。可是，作为写作者，孤独也好，寂寞也罢，不是凭嘴巴说的，是从作品里折射出来的。

孤独而不孤傲、孤僻。寂寞是心理上的感受，更能催发作者的灵感。一个作者，当你真正感到寂寞的时候，你的灵感就会如同源泉之水，汩汩地往外冒，压也压不住。写作者的孤独、寂寞与非写作者是不一样的，不是一回事。只有当自己感到孤独、寂寞是一种享受的时候，那种感觉才妙不可言，作品也会如花绽放。

我记得托尔斯泰有句名言：写好你的村庄，你就写好了全世界。

村庄，是世界的主要组成部分。在中国，村庄长期占据着主导地位，

2

是作为主体感知的源头和必然存在的基础，过去是，现在是，将来或许还是。村庄，如同河流的源头，给社会发展这条大河提供了源源不断的素材和基本图式，成为我们感知和想象的首要依据和无尽素材。追溯起来，有了村庄，才有了社会发展，才延展了我们的想象和创作源泉。

我是南漂一族，掰着手指数到今天，在老家与城市的生活时间几乎各半。虽然在广州这个大都市生活了 20 多年，但我骨子里一直当自己是个游子，虽有融入，却无法皈依。是什么情绪令我无法有皈依感？这个毋庸置疑，是生我养我的乡村，是生长在故乡父母亲坟头的那一小片摇曳的萋萋蒿草。

诚然，生我的村庄给予了我生命，但我谋生的城市却给予我更多，养家糊口、生命的延续与富足，更令我猝不及防的是有了对生命存在的意义和对存在价值观的叩问与探求，要以一种怎样的方式记录存在并使之有延续的可知性与必然性。我想，我得好好思索这个闯入我脑际的问题。

自从改革开放以来，一群群面朝黄土背朝天、日出而作日落而息的农民可以进城成为工人，这个昔日不可想象的事儿就像神话一样一夜间成为现实。随着改革开放的深入和国家不断的富足与强大，农民的生活不再被围于农村，可以进城，不再干日晒雨淋的活儿，甚至户口迁入城市也不是什么可望而不可即的事情。大批年轻农民工（现在叫务工者）进城。可是，这就苦了乡村。乡村留下的是大批老人和年幼的孩子，昔日充满活力的乡村随着年轻人进城逐渐衰老甚至消亡。这个典型的问题又凸显在我们的脑海里，令我们不得不思考，更得去面对。

我父亲从参加地下农会工作起，做了一辈子农村基层干部，有着非常坚定的信念。可是，70 多岁的时候，他却喜欢上打麻将。要知道，这在以前是他坚决不允许做的事。那一刻，我对生活、对世态有了新的审视。农村娱乐场所几乎空白，令时间寂寞得如同地底下的黑洞，老人们的日子就像南极的雪山，冰冷、坚硬。唯一能给这日子增加一点温度的就是麻将。

2007年，父亲小中风，等我兄妹仨从广州赶回去，父亲的病却奇迹般地好了。父亲一连声地责怪母亲，说他的病不碍事，我母亲却偏偏要打电话让我们兄妹回去，千里迢迢的，浪费时间、浪费钱。我们临走时，父亲只有一个小小要求，让我在广州给他寄一副麻将，说原来的那副有几个是配子。我满口应允。返回广州后，我跑了几家商店，选了一副很精致的翡翠绿麻将邮寄回去。我知道，父亲玩麻将是为了驱赶难熬的寂寞。

以前，父亲身体好的时候，经常去别的地方打麻将，自从小中风后，就少去其他地方，多数是打电话让别人来我家玩。他老说这是广州的麻将，质量好，玩起来舒服。母亲总是好饭好菜招待来打麻将的人。可是，后来，随着老人一个个故去，凑一桌麻将也有点难，不仅仅是三缺一，而是四缺三。这时候的父亲，反倒不怎么想玩麻将了。

父亲故去后的几年，我以他为原型写了几篇小小说，比如《空巢》《父亲》《鸟窝》等等，这几篇虽然都上了杂志，但我觉得心里面还有一股激流在汹涌澎湃，搅得我欲罢不能，我还必须继续写下去。

因此，我再一次理顺头绪，回忆父亲的点点滴滴。我想作为作者，得让自己的作品有震撼力，特别是反映城乡反差的题材。如果写一篇悲剧作品，要让读者随着故事的推进而受感染，才说明作品的感染力有了一定的力道。如果再令读者流泪，那这作品就可以说接近成功。如果作品让读者的泪不是往外流，而是往肚子里流，就说明作品获得了成功。但是，还有没有更进一层的作品呢？答案是肯定的，有！

我想到了法国作家哈巴特·霍利那篇传世经典作品《德军剩下来的东西》。这篇不足200字的作品传递给读者的却是风雨雷电般的震撼力——战争带给人类的不仅仅是肉体上的摧残更为深重的是精神上的摧残。但是，当丈夫看到自己那个为了活下去而成为妓女的女人时，他的惊喜与情感却不亚于原子弹热当量的瞬间爆发！他该怎么做呢？他选择了谅解。我想，我也要为今日的乡下父亲们写一篇谅解自己那些为了生活而远离家乡的孩子们。我必须这么做。事实上，父亲们也是这么选择的。

　　我记得，很多读者告诉我，说读我的《风中的小丫》流了不少泪，更有读者说要去惩罚文中的二姨。我不想也期盼读者们不再为《一副从城里来到乡下的麻将》中的父亲流泪，或者去惩罚老人的儿子，我更希望带给读者的是思考，思考我们美丽的村庄，思考我们勤劳质朴的父母亲，思考我们父母亲的养老问题，思考我们新农村的发展与未来。这就是我写这篇小小说的初衷。

　　在广州市的二十几年，我除了上班就是看书。我是个懂得享受孤独的作者，也期盼自己的作品开出美丽的花朵。

　　是为记。

目　录

第四辑　朱砂

附录

第一辑

价

值

将军白马

风停了，雪花大过磨盘，一团团从天上砸下。

一群衣衫褴褛的抗联战士，与一匹驮着两个受伤女战士的瘦马，一起在雪野中，冲过雪幕，往北山冲去。一串白色的脚印像一条打了结的绳索，在山野雪原上蜿蜒。

将军与留下的三名战士趴在雪地里阻击鬼子。将军依着大树，目视前方，手里的快慢机随着手臂的挥动，发出声声怒吼。子弹像长了眼睛，往山下"嗷嗷"叫着扑来的鬼子身上射。鬼子被撂倒好几个。将军清楚，拦不住鬼子，就不能保证战士们安全突围出去。雪花虽然下得很猛，但至少也得半个时辰才能盖住突围战士的脚印。

将军见鬼子停止冲锋，扭头望向心爱的坐骑，直到驮着女伤员越跑越远的白马和战士们的身影一起隐入北山。白马与将军一样，虽然瘦，却很精神，驮着伤员，驰骋起来，依旧十分快捷。负伤的两个女伤员，都是抗联的女卫生员。将军本来是带着她们去北山洼给抗联伤病员治疗的，不幸被叛徒告密，被鬼子的一个联队追上。跟随将军的抗联战士只有四五十人，与十倍于己的鬼子周旋一番，牺牲了几个战士。将军率队边打边往山林中撤退。将军也负了重伤。将军考虑坚决不能让女战士落入鬼子之手。鬼子的毒辣，将军很清楚。鬼子没有人性，凶残，特别对待抗联女战士，凌辱的手段，罄竹难书。将军与三名战士占据垭口的有利位置，鬼子虽然人多，但施展不开。将军身上中了鬼子两颗罪恶的子弹，鲜血将他身下的白雪染得殷红，像一面红色的旗帜。

将军的故乡是山东蓬莱县。蓬莱自古以来就是仙山，可是，仙山也不能够带给穷苦人活路。幼年时的将军全家逃荒至黑龙江省五常县。这里白山黑水，白山是长白山，黑水是黑龙江。这里有大片的森林，白山黑水成为将军的新家。十五岁的将军当了伐木工人，担当起养家糊口的责任。

本来，白山黑水太多太多穷苦的伐木工人。他们每天伐木，获得微薄收入，养家糊口。后来，却来了土匪。土匪来了，就找伐木工人收保护费。土匪只收钱。

可是，1931年，日寇来了，伐木工人更没法活命。日寇霸占这里的一切矿产资源，包括生长在这里的人。将军愤怒了。将军绝不允许"胡马度阴山"，自己的家园怎能任由日寇践踏？将军组织了几百个伐木工人，又说服了一批不愿入关打内战的东北军，降伏了一些有良知的土匪，共一千多人，组成抗联第十军。誓师大会上，将军站上一张桌子，高举右手，号召白山黑水的人们，摈弃相互间的恩怨，誓将驱除鞑虏，还我河山！

将军想起过往，笑容爬上了嘴角。几年前，他率领十几个抗联战士，在一个村庄遇到一个旅的伪军，旅长姓邓，将军认识。将军一人一枪独闯伪军旅部。将军对邓旅长说，中国人要枪口对外，不打中国人。

邓旅长说，你才一个人？向你服输，我不是很没面子？

将军说，向我服输，你丢什么人？都是中国人。

邓旅长佩服将军的胆量和爱国精神，连忙答应，以后绝对不打抗联战士，并暗中支持，当即拿出一些枪支弹药送给将军。将军有了好武器，不久，就率队夜袭山河屯的鬼子守备队。几十个鬼子，一窝端了。

这时，山下枪声大作，鬼子又发起了冲锋，有两名战士不幸中弹牺牲。将军的心痛到极点。将军负伤太重，胸部和肚子上的伤口虽然被撕下的衣服塞住绑着，但血一直在往外汩。将军的手渐渐举不起枪。将军见山坡下的鬼子越来越近，他把握枪的手平放在雪地上，命令那个战士突围。

突然，将军看到一道白影在雪山里飞驰而至，是他的白马。白马像雪山的精灵。将军知道突围的战士遇到接应队伍了。他命令战士骑马快走。战士不从，匍匐过来把将军架上白马。顿时，雪山里一袭血衣一匹白马映着雪白的山林。白马长嘶一声，如同天马，凌空跨步。

又一排罪恶的机枪子弹飞来……新中国成立之前，在白山黑水，人们经常看到一位将军骑着白马在山林里巡逻。

孤独如花

凤　凰　井

　　1944 年春末的一天，二爷接到地下交通员的紧急情报，日本鬼子两天后会扫荡西冲坳。首长让二爷带领在这里养伤的新四军伤病员迅速转移。二爷连忙指挥大家坚壁清野，藏好粮食。二爷撤退那天，二奶奶哭红了眼，要跟着走。二爷左手握住她的手，右手举起衣袖替她揩眼泪。二爷说，哭啥，做我的女人得更坚强，再说，等伤病员养好伤，我们一定会打回来。

　　二奶奶止住眼泪，问，那你几时打回来？二爷轻轻拍着二奶奶的手背，又抚摸了一下二奶奶的脸蛋说，会很快的，别看日本鬼子现在很凶残，但他们是秋后的蚂蚱，蹦跶不了几天。二爷又神色凝重地说，据说这次日本鬼子来，会在这里修炮楼，驻扎下来，你一定要多保重，多利用平时积累的对敌经验，一定要好好活着，等着我们打回来。还有我交代的那件事，你一定要记着，每天扯些甘草扔到两口水井里，等井水有清甜味时，我就会率领新四军打回来。

　　二奶奶很俊俏，是十里八乡有名的俏媳妇儿，一双大眼睛，晶莹剔透。二奶奶回答一声"嗯"，眼泪又不由自主地流下来。二奶奶不是本地人，老家在江西南昌，父亲、祖父都是读书人。二奶奶在武汉读书时认识了二爷。那时候，二爷是工运代表，被邀请到学校讲课。二爷风趣的话语和英俊刚毅的外表牢牢地吸住二奶奶的芳心。二奶奶看着很柔弱，但对待爱情很坚决。那年，她就跟着二爷回了西冲坳。

　　二爷凝视着二奶奶的大眼睛，心里酸楚，想起这些年来，不仅没让她享福，而且挨这担惊受怕的苦，心里如有蚂蚁吞噬。二爷忍住眼泪，在二奶奶的脸上轻轻地亲了一口。首长的叮嘱犹在耳畔：一定要保护好伤病员的安全，坚持敌后斗争。

二爷轻叹一声，带领一百多名新四军伤病员，一起撤入大山里。

二爷撤走的第二天，日本鬼子就来了。鬼子就在这里修筑炮楼，还发告示说，他们是为了大东亚共荣才来到这里，池塘里养的鲫鱼、鲤鱼和猪圈里养的猪必须如数上缴。

西冲坳虽然处于大山里，但是，湖北与安徽的古驿道打这通过。日本人吃过几次亏，就决定派兵占据。

二奶奶遵照二爷的话，每天去水井打水的时候，就顺带扯些甘草扔到两口井里，这样，不多久，井里的水就更加清甜。有村民见了，开始怨恨二奶奶，说她对不起自家男人，更对不起新四军，是讨好日本鬼子，不想日本鬼子离开。

二奶奶听了，也不争辩。

西冲坳的后山叫凤凰山。无论远观还是近看，都像一对展翅欲飞的凤凰，两口井像是凤凰的眼睛。

日子到了第二年的春天，鬼子进驻西冲坳一年多。一天清晨，二奶奶对几个村民说，她看见了两只凤凰，浑身冒着一团火，向北方飞去。村民见二奶奶说得有板有眼，都相信了。于是，这话一传十、十传百，都说凤凰现身，是吉兆。

说来也怪，凤凰的出现，对日本鬼子就不是什么吉兆。他们有的脸色蜡黄，有的开始生病，死了几个，也有活着的浑身不舒服。日本鬼子吓得心胆俱裂，于是，相信是凤凰来报复他们，因为他们的军医也查不出病因。又过了两个月，日本鬼子就从这里撤走。临走时，他们原形毕露，抓走了二奶奶和一些年轻的妇女。

交通员迅速把鬼子撤退并抓走二奶奶等人的消息，送给了大山里的二爷。二爷一听日本鬼子抓走了人，急忙率领队伍去追。二爷抄小路追上日本鬼子，歼灭了几十个，可救回来的人里就是没有二奶奶。

到了8月，日本鬼子投降了，二爷通过组织，也没有找到二奶奶。

就在二爷准备亲自去寻找的时候，蒋介石发起内战，二爷不得不跟着部队实施突围。后来的日子，二爷南征北战，只得拜托地方组织，继续帮他寻找二奶奶。

新中国成立后，二爷推辞了上级组织的任命，选择回归西冲坳当了农会干部。二爷是在等二奶奶回家。二爷想，二奶奶肯定还活着，只要自己坚持等待，她就会回家。有几次，有村民看到二爷坐在水井旁，痛哭流涕，一边哭一边说自己对不住二奶奶，是他害了二奶奶，说连自己的女人都保护不了，算什么男人！

多年后，二爷带着一身伤疤去世。村民们将二爷葬于凤凰山，又在二爷的坟旁给二奶奶建了座衣冠冢。

直到那一年，我考入武汉大学医学部后才知道，二爷年轻时痴迷中医，曾拜一个落魄的郎中为师，研习得一身医术。他打探到日本鬼子喜吃海藻，利用《千金要方》中记载的甘草和海藻混吃有毒，遂留下二奶奶并嘱咐她每天往井里扔甘草。

义冢

朝霞漫天的时候，我来到义冢。义冢前有个老人，一边颤巍巍地燃着蜡烛、香纸，一边老泪纵横，邓公，今年是香港回归20周年,您知道吗？

义冢旁有几株百年大榕树，山风吹动，树枝松一阵紧一阵地摇。今天是农历五月初一，我知道，在香港，有初一、十五给祖坟敬香烛的习俗。我肃立在义冢前，将自己站成一炷香，默哀一会儿后，才点燃携带的香纸、蜡烛，再虔诚地拜了三拜。

看老人祭拜完，我才试探着与他攀谈。初始，他心有戒备。我说我是为了一篇作品特地来收集这一段历史的。老人的疑虑才慢慢散去。他告诉我，义冢中葬着义士邓仕伟，他叫刘德云，是新界夏村人，曾祖父叫刘朝仪，至今四代人相继守护着义冢。

我的心"咯噔"一下，刘朝仪，不就是传说中那个出卖邓仕伟的人吗？他一家四代人为何又守护义冢？老人看见我的表情，怔了一会儿，叹了口气，脸色凝重地对我讲了一段往事。

1898年4月，英军进驻新界，元朗、夏村等一万余乡民，推举邓仕伟为首领，成立乡团练，设"太平公局"，共同抗击侵占家园的英军。但最后，内无粮草，外无援军，在英军坚船利炮的攻击下，大批乡民血洒家园。

抗英失败，邓仕伟与火枪队长刘朝仪避至广州。在一处巷口，两人看到墙上贴着一张通缉令，上写：捉住邓仕伟者，赏银一万两；捉住刘朝仪者，赏银千两。下署大英日不落帝国驻香港总督勒克。

邓仕伟一把扯下布告，在手里团成一团，"哈哈"大笑，我的头还挺值钱的。刘朝仪伸手摸了摸头，也大笑，哥，我的头也很值钱，但远

不及你。

看来这次洋人是铁了心要除掉我们！邓仕伟叹道。

两人再不说话，拐入小巷，跨步进入一家酒肆，喊来店小二，点了几碗饭。填饱肚子，两人潜到一处废弃的房子，和衣躺下。一个多月的逃亡，疲累之极，头刚刚挨到铺，鼾声就挤破窗口。

午夜时分，邓仕伟被一阵阵喧哗吵醒，火光将屋里屋外映得如同白昼，大批清军与英国领事在刘朝仪的带领下涌进这破旧的房子。刘朝仪看了一眼邓仕伟，嗫嚅着，哥，我……

"哈哈"，邓仕伟爆笑一声，盯着刘朝仪看，过了一会儿，掏出腰间双管火枪扔地上，说，兄弟，我不怨你，怪只怪，我的头太值钱了。

老人讲到这，不容我答话，更慷慨激昂，邓公可真是一个硬汉子。行刑时，勒克要邓公对着一个十字架，承认锦田、元朗等村镇属于英国属地，就可以释放他。邓公听了，"哈哈"大笑，眼泪都笑出来了。邓公斥道，荒天下之大谬！你们洋人，不远万里来侵占我家园，杀戮我妻子儿女，却要我对着你们的上帝忏悔，我忏哪门子悔？我明明白白地告诉你，该忏悔的是你们这群洋鬼子，总有一天，我相信香港会回归炎黄子孙的手里！

邓公说完，不容洋人动手，将头颅伸进套索，双脚蹬倒垫脚的凳子……

说到这，老人哽咽着，那天，天阴沉沉的，可怜邓公，可怜邓公……

老人情绪激动，我不便说出心中疑团，免得刺激他。过了好一会儿，老人才从贴身衣兜里摸出一个小黑布包，揭开黑布，里面是一层红布，扒开后，是一张黄表纸，纸上有几行苍劲有力但很潦草的字。老人说，今天给你看一样东西。

我郑重地拿起黄表纸，上面写着：我被抓这事是我与朝仪商量的，让他去报官领一万两赏银，抚恤那些有亲人死伤的乡民，任何人不可找朝仪寻仇报复。邓仕伟留字。

我很感动，知道老人是信任我，要知道，这可是他几代人的秘密。

老人接着说，我阿爹说，我太祖活着是受了无数罪，被不明真相的人打断了腿，但他也没拿出这证明自己清白的字条，他是担心洋人知道了真相会追回赏银，那邓公不就白献出一条命！

我递上纸巾。老人接过，擦着眼泪说，1997年，香港回归了。政府出资将义冢修葺一新，也给了我养老金。我终究老了，这段秘密，我一直等待有缘人，今天终于等到了。

我看到，此时此刻，阳光如潮水般在老人脸上奔涌。

襁　褓

民国三十三年一个傍晚，太爷爷赶到惠城，看到夕阳砸在西山上，溅起无数霞光。太爷爷盯了几眼，继续双脚加劲，思量着在天黑之前赶到周田村，因为，爷爷在周田村教书。

爷爷很有学问，却偏偏喜欢走四方。为这，太爷爷没少责怪他。可爷爷总是笑着说：爷（鄂东南将父亲喊爷），在哪教书不都一样，岭南的娃更需要教书的。

爷爷的脾气像棉花一样软，太爷爷拿他没办法。太爷爷拿起水烟筒，砸吧砸吧地狠抽几口，嘱咐的话语与烟一起在爷爷的耳边缭绕：梁子，这兵荒马乱的，日本鬼子到处杀人放火，你在外千万要多个心眼，避避他们，还有，听说国军也老是对新四军开火，你千万别掺和进去，好好教你的书。

爷爷听了，连忙应允：爷放心，我就是个穷教书的，只有一张嘴巴，没人惹的。

周田村，太爷爷于民国三十年冬来过一次。那时，是我大伯快出生的时候。太爷爷来找爷爷，是要他的衣服做我大伯的襁褓。在鄂东南，有个风俗，孩子出生一定要父亲的衣服做襁褓，表示孩子有父亲的庇护，好养。

可是，那次太爷爷赶到的时候，私塾门上一把锁，当地人都说爷爷外出有事去了。傍晚来了一个人，自称是爷爷的朋友，叫尹平。尹平问清楚原因，沉吟了一会儿，说：伯父，梁子去了香港，要三个月后才能回来。

太爷爷一听，急了，搓着手一连串地说："怎么办？怎么办？……"

这样行不？让孩子认我作义父，将我的衣服给孩子。尹平说完就脱下身上的棉褂，递了过去。

太爷爷想了一会儿，想不出其他好办法，也只好这样。可是，谁知大伯不到两岁就夭折了，一家人哭了好久。我家是一代单传，眼见孙子没了，太爷爷无法接受，说是没爷爷的衣服做褓褓，孙子才没了。太爷爷悲痛了几个月，就逼迫爷爷回家住了一个多月，奶奶有了身孕才让他离家。

这次，离我父亲出生期不到一个月，太爷爷说什么也得来周田村找爷爷要几件衣服做褓褓。

太爷爷腿长，迈开了，那些山啊树啊直往后退，再有半个时辰就到了。天刚杀黑，太爷爷恰好赶到爷爷的私塾，可是，又是房门紧闭，一把锁守着这扇门。太爷爷顿时发急，多日长途跋涉的苦累与着急直往脑门冲，一屁股坐地上。

尹平来了，一把将太爷爷扶起来，带到一庄户家。尹平给太爷爷端上一碗茶，抱歉地说：伯父，梁子去了香港。

太爷爷一听，发火说：狗日的，咋又去了香港？

这个，梁子说，是去香港会几个朋友。

那……几时回来？

这个，还真不知道。

狗日的，这是让我梁家绝后。太爷爷骂道。大伯夭折的阴影像条蛇缠住他的心。

尹平的脸青一阵白一阵。他稳了一下情绪，轻声问：伯父，上次梁子在家有没有留下衣服？

留下两件，但送给逃难的孩子穿了，原本想他在这里教书有钱，衣服不会少，多拿几件回去换着用。

尹平想了好一会儿，又嗫嚅了好一会儿，才说：这样吧，伯父，我这里有些朋友的衣服，您先拿回去用，我在这里等梁子，他若回来，我即刻告诉他，让他赶回去。

褴褛

太爷爷想，也只能这样了。

一年后，鬼子投降。过了四年，国民党败退台湾，太爷爷又来过一次周田村。大伙儿都在忙土改忙生产。太爷爷没问到什么结果，只得悻悻回家。不过，就在太爷爷去世前那年，尹平来了，代表政府送来了一张"烈属证"，将太爷爷接去广州住了一段时间。

我长大后，一个偶然的机会，在资料馆里看到史料记载：我爷爷是著名的东江纵队领导人梁子，借教书之名在敌后展开抗日工作。第一次我太爷爷去找他，正值爷爷接受党的指示去救助滞留在香港的几百个爱国人士。第二次太爷爷去找爷爷，他已经牺牲几个月了。令我愤怒的是，当时围剿爷爷的国民党旅长何涛在新中国成立前已经投诚……

我潸然泪下。

一个夜晚，我与父亲坐在珠江边的长椅上。霓虹灯将江水映得五彩缤纷，望着这繁荣的闹市，我终究忍不住将所看到的爷爷牺牲的实情告诉父亲。父亲听了，看着我，叹了一口气说：孩子，你太爷爷已经讲了实情，但嘱咐我不要将这仇恨传给下一代人，还说有的仇恨，记住会令人迷失心智。

元帅遇险

元帅是乐至人。乐至人很乐观。乐观的元帅那时候还不是元帅，他是红军留在苏区坚持敌后斗争的指挥长。那天，元帅卧在一个窝棚里，从腰间的枪匣里拔出驳壳枪，数了数弹匣里的子弹，9颗。元帅说，老伙计，这次我们遇到大麻烦啦，来抄山的有两千多个匪军，9颗子弹怎么够呢？

硬拼不是办法，元帅腿上的伤也没好，雨天的时候，痛感就像一条讨厌的毛毛虫，从心里往四肢乱爬。元帅却感到开心，因为还活着。是啊，革命尚未成功，我不能死。元帅想，与大部队分开800多天，他们应该到陕北了吧，陕北的窑洞比江南的窝棚住着肯定舒服。

想着想着，元帅惬意地笑，只要战友安全到达陕北去抗日，自己哪怕就是牺牲了，也心甘情愿。其实，元帅此刻的处境可谓是糟透了，他卧在一个用几根小毛竹搭建的棚子里，高一米，宽一米，长二米，遮住棚顶的是葱翠的藤蔓。

元帅身躯伟岸，他只能委屈自己，将身体蜷得像弯月一样。元帅感染上打摆子，明白自己不能再淋雨。

元帅这次体力已经到了极限，没有足够的力气钻入深山密林。窝棚靠在路边不远处的一个不是很高的绝壁下，元帅也顾不及。元帅卧在里面，老天爷很眷顾，让他很有安全感。

元帅不冷清，外面那些吵吵嚷嚷的国民党兵没日没夜地在梅山上忙碌，有时候排成一个队列，像梳子梳头一样从山头往山脚梳，有时候是从山脚往山头梳，有时候呈散射状在山头山脚乱窜。元帅看着他们闹哄哄的样子，觉得很好笑，感谢这些国民党兵与自己做伴，为他排解寂寞。

元帅拿出纸和笔，写了三首诗，将诗稿缝在衣襟里，又拿出布，细细地擦抹驳壳枪，擦干净后，再将9颗子弹压入弹夹。9颗，也不少了，红军本来就弹药奇缺。元帅握着枪，思绪又飞到陕北去了，想朱毛。

原来，留在赣、闽的元帅与北上抗日的中央主力红军失去联系两年多，前不久接到地下交通员送来的情报，说打入敌人内部的陈海手里有中央红军的联络信。元帅喜不自禁，化装后就单枪匹马去县城与陈海接头。陈海是元帅的部下，头脑很灵活。

元帅走到距县城十几里远的地方，看见路边有个大娘，身上血迹斑斑，趴在地上哭。元帅上前询问，才知道老人家被国民党兵的马踩伤了脚。元帅虽心急如焚，盼着与陈海早点见面，早点知道朱毛到达陕北的情况和他们给自己的指示，但是，眼前的大娘也需要救助。

共产党人闹革命不就是为了让穷苦老百姓过上好日子吗？元帅想了想，将包头巾取下来，给大娘做了简单的包扎，背起大娘，送她回家。

刚好碰到大娘的儿子回家，他告诉元帅县城里戒备森严，盘查很紧，好像在捉什么人。元帅大吃一惊，估计坏事，判定陈海叛变了。元帅交代了大娘的儿子怎么清理伤口和采摘治理伤口的草药，就告别了大娘。

梅山海拔七八百米高，山陡路滑，荆棘丛生，号称"千峰转不尽，十里万重山"。这里的一草一木，元帅了然于胸。就在元帅往游击队驻地赶的时候，突然遇到三十几个歪戴帽子的还乡团成员。为首的是队长马大球。马大球没见过元帅，但元帅知道他。马大球冲过来，手枪指向衣衫破烂、满脸烟锅灰的元帅问，看见"共匪"头子陈毅了吗？

元帅连忙说，刚刚看见一个白白净净、个子很高、穿着灰布衣服的人往南去了。马大球骂道，怎么不早点说？跑了"共匪"，看我不枪毙你！元帅连忙说，老总，我这不是赶来向你报告吗？好，等我们抓住陈毅，赏的大洋有你一份。马大球手枪一摆，带领还乡团往南追去。

这下元帅知道自己不能去游击队驻地，担心暴露。元帅只能向着另一个方向走，因此，就进了梅山。元帅前脚踏入梅山，国民党军就在后面鼓噪而来，大叫抓住"共匪"陈毅，赏大洋8万。

元帅知道自己走不出梅山，忽然想起大娘的儿子告诉他，山里有他狩猎时搭建的一个窝棚，没有第二个人知道。元帅别无选择，只能躲藏到窝棚里，好在大娘给了他十多个窝窝头，窝棚里还有红苕，不会饿着。

元帅在窝棚里待了 20 天，国民党兵在山里"陪同"他 20 天，说来奇怪，国民党兵与他们的狗就是发现不了窝棚。国民党兵终于忍耐不住，放火烧山。一时间，风助火势，火借风威，大火呼啦啦地往山上蹿。大火烧到离窝棚不远处，元帅握着驳壳枪就要往外冲。突然，电闪雷鸣，梅山下起了瓢泼大雨。国民党兵一个个往山下跑，他们以为元帅离开了梅山。

元帅不慌不忙钻出窝棚，哈哈大笑，拍了拍弹夹里的 9 颗子弹说，老伙计，我们也不奉陪，回营地去。

金 鸡 独 立

金鸡独立！于顺祥一声断喝，迅疾变招，右手倒立，双腿叉开，左手贴身蓄势待发，状似小孩打鹰隼的弹弓。

于纯奇闻言见招，大吃一惊。

金鸡独立这招在祖传的密宗谱里是稀松平常的一招，是一足立地，两臂展开，状似一只雄鸡展翅高飞。于纯奇武功出神入化，哪能不会破解？而于顺祥这招与祖传密宗里记载的金鸡独立截然相反，于纯奇无破解之招，只得拱手作揖，心悦诚服地说，我输了。

于顺祥的保安团山呼海啸。于纯奇的游击队黯然无语。

你输了，我放你一马，于顺祥傲视群山，一字一句地说，明年我让你更加输得心服口服。

好，一言为定！于纯奇面无表情，搁下一句话，率队离去。

这一幕发生在民国二十四年冬的某一天江南某一个偏僻的村落里。

于纯奇和于顺祥是这三山四水一带绝顶武术高手，两人的先祖同属一个门派，因事产生龃龉，不得不以武论输赢。谁赢了，谁便是正支密宗继承人。先辈间互有输赢，但到了于纯奇，从没输过。

自从于顺祥参加了国民党，于纯奇参加了红军，比武中断。重新开始比武是红军长征后的那年。那是一个北风凛冽的午后，保安团团长于顺祥率兵进山围剿于纯奇率领的红军游击队。游击队无法与虎狼一般的保安团抗衡，只有凭借地形，避实就虚，展开游击战。

两家历来是死对头，两人各为其主。游击队深得民心，加上于纯奇灵活机动的战术，在人员和装备上，保安团有压倒性优势，但也如铁锤砸在棉花里，奈何不了。

于顺祥的上峰不高兴了，督促很紧。于顺祥心生一计。他修书一封，设法将书信送给于纯奇。信中说：如果于纯奇是男人，就应挺身而出，我们两人进行决斗，免得伤及无辜，只要你赢了我，我就回家当农民，如果你输了，来年再比过。

于纯奇看了信，哑然失笑：这什么逻辑？无论你玩哪门子把戏，我亦不惧！我赢了，也不解散游击队，你又能奈我何？即刻回复接受挑战。这才有了开头的一幕。

比武赢了，于顺祥笑逐颜开，回复上峰并说出自己的计谋，剿灭游击队是轻而易举的事，我与红军中的武术奇人于纯奇比武，他不是我的对手。面对这不堪一击的手下败将，我们暂时不歼灭他们，并以此作宣传，以打击游击队的士气。

上峰听了于顺祥的计谋，觉得可行，遂采纳了他的建议。自此以后，两人比武又定时进行，不过，于纯奇次次都是逢金鸡独立必败，但游击队却借此得到休养生息。

转眼到了抗日战争，国共合作，但双方明争暗斗、摩擦不断。升职为国民党正规军团长的于顺祥也定期约斗新四军营长于纯奇。每次于纯奇眼看就要获胜，于顺祥就出绝招金鸡独立。于纯奇自然是继续输，两支队伍倒相安无事。

渡江前夕，于纯奇策反于顺祥，为渡江战役立下汗马功劳。抗美援朝时期，两人都是志愿军团长，比武再一度中断。1954年，两人回国后，虽然没有正式比武，但私下切磋是少不了的，于纯奇还是敌不过于顺祥的那招金鸡独立。

后来，两人一起被打成反革命，造反派说于纯奇输给于顺祥是特意输的，是让游击队、新四军蒙羞。牛棚里，于顺祥问，老伙计，你真的是特意输给我的吗？

于纯奇不答反问，我会吗？

我知道你没有作假，因这招是我赖以自豪一生的，于顺祥的脸上写满自豪，继而凝重地说，你不觉得那是我的策略吗？若没有比武，你的

日子肯定没有那么安逸，我也没有借口搪塞上峰。再说，如果我被调走，不能剿你，上峰绝对会另派部队来围剿你。

于顺祥说这话的时候，于纯奇看得出他是心有余悸。

于纯奇微笑着，抱住于顺祥，真诚地说，我琢磨到了，多谢老伙计手下留情！

十一届三中全会后，两人一起被摘掉了反革命帽子，兴奋地动起手来。比试的结果，自然是金鸡独立建了奇功。

多年后，于顺祥故去，走的时候，带着满足安详的微笑看着于纯奇。

当晚，于纯奇回家，颤抖着手，从密柜的小铁盒里拿出一幅图，点燃焚烧。在火光里，现出一个年轻人左足单立，右足虚踏，左手成掌画圈虚按，右手食中两指骈指点向前下方。图的下方，"金鸡独立"四字赫然醒目。

这招金鸡独立正是于顺祥那招金鸡独立的克星。

西 湖 情 缘

爷爷是新四军老革命。他对我奶奶百依百顺，特别是给奶奶端水的样子，比给幼时的我喂粥还要小心，我不由得生出一丝妒忌。

我每次看到奶奶喝水，节奏感很强，总是优雅地用瓷缸划拉出一个半圆弧，瓷缸就从桌子到了嘴边，再一小口一小口地抿，似乎在享受传说中的甘霖玉露，间或会望着爷爷微微一笑，那满满的幸福感一览无余。

一次，我实在馋得不行，举起小拳头抗议："爷爷偏心！"

爷爷笑问："爷爷为啥偏心？"

我说："您不给我水喝。"

奶奶心疼得不行，对爷爷说："给牛宝喝口吧，又不是人参汤。就是人参汤，也该给孩子喝一口，看把他馋成啥样子。"

爷爷说："不行！如果是人参汤，早给他喝了，小孩子喝冷水，会闹肚子。"

我赶紧说："奶奶喝了不闹肚，我喝了也不闹肚。"

爷爷笑了，摸了摸我的头说："牛宝好聪明，别闹，等会儿爷爷泡糖水给你喝。"

水没喝到嘴，我的馋虫倒是越闹越厉害，怎么也掐不死。因为，这水太神奇，奶奶每次说头晕的时候，爷爷立刻停下手中的活儿，从裤腰带上取下一把锁匙，打开一个储藏柜，用瓷缸从里面陶罐里舀出半瓷缸水，小心地给奶奶喝。

瓷缸上面印着"为人民服务"，红色的字映得奶奶的脸有了少女般的酡红。

一天，我终于觅到了机会。爷爷是大队党支部书记。那次，爷爷出

门开会走得急，奶奶出门相送，我溜进房里，心中直乐。为啥？爷爷忘了将瓷缸放进柜子里。我连忙拿起瓷缸跑出门，一直跑到后山，乐滋滋地将瓷缸放到嘴巴里，使劲地吸，但没吸到一滴水。奶奶太抠了，喝得一滴不剩。

我失望后更生气，将瓷缸藏了起来。我想，没有了瓷缸，奶奶肯定会用碗喝，这样，就不会一滴不剩。果然，如我所料，爷爷在遍寻不到瓷缸的情况下，就用碗舀水给奶奶喝。那次，或许是爷爷病了，奶奶喝完水，爷爷喘着气没去接碗。

我连忙跑过去说："爷爷，我去洗碗。"

爷爷看来病得不轻，将碗给了我。我憋住心里的高兴劲，双手接过碗，走到没人处，碗放到嘴巴，将水一股脑儿吞下，可是，怎么没有味道？不就是普通的水嘛！

一次，爷爷出门很久，半夜才回来。刚好我被尿憋醒了，听到爷爷和奶奶在说话。

奶奶问："西湖的水还清澈吗？"

爷爷嘘了一下轻轻地说："清澈，蓝色的，照得见人。"

奶奶说："多说几句给我听听，几十年没回去了，心怪闷得慌。"

爷爷说："西湖的天淡似水、水柔如天，微风荡起的时候，湖水泛起涟漪，一圈又一圈……"

爷爷说着就伸过头来看我，我假装睡着。

爷爷接着说："那次，多亏了你。我给首长送重要的情报，走到西湖，遭遇日本鬼子，负伤倒在白娘子岛上。老婆子，我迷糊中看见你穿着白色的衣裙，从湖水里走来，我以为是遇到仙女……"

爷爷说得很有诗意，但语调十分沉重，想象得出当时的情况多危急。

"还贫嘴，看着快不行的人，你却活了过来，害我哭了好久。后来看到你伤愈，我好开心。"奶奶轻轻地嘘了一声又说，"唉，一眨眼就背井离乡几十年了。"

过了一会儿，奶奶又说："要不是遇到你，我一个艺女哪有今天这安静日子过，你为了我，政府几次调你进城当干部你都没去，我知道，你是担心我过不了政审……"

爷爷说："老婆子，没有你，我哪有命在？进不进城那不是事儿，我在基层干不是很好吗？在哪都是为人民服务。还有，我们儿子有出息，孙子也这么大了。"

奶奶说："可惜了，你有一肚子文化却做了一辈子农村干部，还一年要跑几趟千里外的西湖取水给我喝。"

爷爷赶紧说："快别说，我知道你的头痛不是病，是思乡心结给闹的，喝了家乡水就没事，只是牛宝这孩子，看他那个馋劲，看样子今天喝了你剩下的水，估计馋劲没了。"

奶奶说："就你能，八九岁的孩子馋是正常的，不馋才不正常。"

我大学毕业后，奶奶和爷爷相继离世。爷爷离世前，喘着气交给我几个发黄的笔记本，里面记载的都是他革命时期的珍贵资料，让我好好整理。我这才知道，爷爷是新四军连长，奶奶却是西湖的有名艺人白娘子。

孤独如花

红　月　亮

　　那一年，我发现月亮是红色的，像一团冒烟的火球。奶奶一边收拾着东西一边说："生儿，鬼子打来了，我们快点跟着保长去山洞里吧。"我问："奶奶，啥是鬼子？是与鬼一样的红眉毛绿眼睛吗？"奶奶催促道："别问了，奶奶也没见过鬼子，可能比鬼还凶恶吧。"

　　说完话，我和奶奶不得不跟着保长藏到山洞里。白天不敢煮饭，夜晚才煮。山洞不小，可以住下几十人，有些潮湿，但潮湿又有什么办法呢？

　　几天后，大人们议论纷纷，愤懑里有着担忧。他们说县城沦陷了，这鬼子太可恨了，咋不在家好好过日子却跑来中国杀人放火？又说武汉这一仗打得很厉害，国军死了不少人，连月亮也被染红了。

　　就在大家躲藏了许多天的一个夜晚，鸡冠亭响起了爆豆一般的枪声。鸡冠亭是横贯鄂东南的一条古驿道之间的一个茶亭，青石板铺就的路两旁山坡陡斜，茶亭是过往商客休息的地方。

　　保长来找奶奶，密语一会儿后，奶奶便嘱咐我藏好别出洞，就和保长一起走了。我听说奶奶她们是给新四军做饭，很高兴，想跟着去，但奶奶的嘱咐拉住了我移动的脚。那时，我已经8岁，懂许多事。快凌晨的时候，我见奶奶没回来，很害怕也很担心，见枪声稀稀落落的，便握了把砍柴刀偷偷溜出山洞。

　　在离鸡冠亭不远的一个田埂上，我依稀看见三个影子，最后面的那个是奶奶。奶奶是个小脚女人，平时走路歪歪扭扭的，这时却快得像只羊。我听到跑在中间的人一直在喊，放下武器，缴枪不杀，新四军优待俘虏！

　　这时，奶奶的声音响起，与他的声音撞在一起。"山娃，山娃，是你回来了吗？我是你娘。"我看到中间那个人循声扭头去看。这时前面那个人一下子停住，哇里哇啦地嚷，回头就是一枪。我看到中间那个人晃了晃，也向前面那人开了一枪，然后，两个人都倒下了。我立刻听到了奶奶号啕大哭，一边哭一边喊着"山娃、山娃"。

等我跑过去，奶奶的饭篮子扔在一旁，饭团散在地上，像无家可归的孩子。奶奶抱着一个衣衫褴褛的男子，他衣领上绣着新四军，胸口被鲜血染得通红，像无数的红月亮。我从没有听到过奶奶这么哭天抢地，就是受了地主的欺凌受了保安团的毒打也没有这么哭过。奶奶的手紧紧地按住他的胸口，山娃，山娃，你让娘咋活！你让娘咋活啊！

我这才知道，那个倒下的新四军是我爸，奶奶一直瞒着我，说我爸在我娘饿死的那年去了南方。我发现有泪水落到我脸上，不知道是奶奶的，还是我自己的，抑或是红月亮的。

后面赶来了一群人，全与我爸一样的装束。我听到有人说："那个狗日的鬼子还没死，去补几刀替连长报仇！"这时候，我忽然听到痛哭的奶奶似乎阻止说："别杀他，他也是一个娘的孩子。"

我这才大哭起来："爸爸，我要爸爸。"我哭晕过去。

后来，那个鬼子就留在我家养伤，为了安全起见，新四军留下了两个叔叔相陪。我很恨这个鬼子，他没有红眉毛绿眼睛咋还这么凶恶？我很想去扯他头发，但奶奶不允许。我发现奶奶也常常偷偷地掩着嘴"呜呜"地哀泣。

起初，这个鬼子紧闭嘴巴，不吃奶奶煲的红苕粥，不喝奶奶煎的药。后来奶奶用手势告诉他牺牲在他枪口下的是自己的孩子，帮他疗伤是为了他那远在日本的娘，他的娘肯定希望他平安归去。这个鬼子才终于低下头"呜呜"地哀号，喊着欧卡桑，欧卡桑……

尽管奶奶用尽了办法，采摘草药帮他医治，但他终究因伤重死了，子弹打穿了他的肺，乡村的草药起不了作用。临死之前，他喊我奶奶为妈妈。奶奶将他葬在被打死的地方。以后的每个清明节，奶奶给我爸烧香烧纸的时候也给他烧。奶奶一边烧一边叨叨："你也是一个娘的崽，咋不好好在日本待着？咋跑到中国来杀人呢？你娘也揪心啊！希望有一天，你娘来领你回去……"

就在奶奶失去儿子的第五年，我被送到李先念的部队。

这是父亲对我讲的故事。2011年，红月亮再现。这是和平的红月亮，远离战争烟火。我与父亲望着这美丽的红月亮，想着我的太祖母和爷爷，还有那些远在东瀛的日本人，他们不知作何感想？他们是否思念因入侵中国而埋骨在异国他乡的亲人？

秘　密

　　恼人的秋风不识趣，直往我怀里钻。我拿起烟盒一抖，滑出一支，左手一抄，含到嘴里，再抓起打火机，"啪"的一声，烟被点燃。

　　这次，我是真的非常恼火，我咕噜一句："早就看你不顺眼了，我还不伺候你这个葛朗台。"

　　我是公司研发部的经理，负责公司污水处理新型机器的研发。这次公司遇到一点问题，被政府主管部门责令整改。出了这事，必须有人担责。可是，这个责任却一下子落到我头上。董事长要炒我鱿鱼。

　　炒鱿鱼我不怕，早就有公司向我抛来"橄榄枝"，但一直由于感恩心里作祟，没有答应。这次被炒，我正好顺水推舟。我拿着拷贝在 U 盘里的设计资料，心里确实暖暖的。这里有我的全部心血，也是我的全部价值。

　　这时候，门被推开，父亲进来。父亲问："是不是遇到什么事？你的神色与以前有些不一样。"望着父亲花白的头发，我担心他承受不了，就轻描淡写地说："没啥大事，爸。"父亲说："没大事？俗语说，知子莫若父，你的神情已经告诉了我。"

　　父亲是老党员，几十年风风雨雨过来，我这点事是瞒不住他的。我只好一五一十地将情况告诉他。父亲沉吟半晌，说："儿子，我们今天回老家去看看祖堂屋。"

　　父亲的话，我是不辩驳的。第二天，我只好驾车与父亲一起回老家。汽车驶出闹市，行驶在田野上，沿途鸟语花香，稻谷低垂，我贪婪地将这金秋尽收眼里，禁不住感叹，好久没有出来赏景了。

　　到了老家，村子依旧耸立在山间绿野的皱褶处。老家的房子砖木结

构，很高大，祖堂屋更加雄伟，屋顶是人字结构，左右各以六根一人合抱的大树为梁。祖堂屋里有椅子和板凳，父亲示意我坐下，说给我讲一则故事。

"那是抗日战争的时候，南方活跃着一支新四军，约有 2000 人，支队长是薛平，人称江南的双枪老太婆，双手打枪。她的通信员小李跟我是同年出生，我们私下结拜为老庚。我们没有撮土焚香，但行了八拜，心里都将对方当作生命中最重要的人。老庚是北方人，往返这一带，路况不熟悉，所以去哪都是我做向导。每次，快到目的地的时候，他让我藏在密林里，给我一个手榴弹防身，教我使用方法，等他回来了，我再给他。

"最后一次见到老庚，是 1945 年的秋天，日本投降前夕。那天黄昏，我正在山里放牛，看到山路那边有团黑影过来，近前一看，正是老庚。他背着一个包袱，汗水湿透衣服。我连忙迎上去。他说，老庚，快帮我想个办法，将这个藏好。我说，藏到后山那个山洞里，行不？他说不行，首长说了，这个得有人时常守着，也不能淋雨，更不能放在潮湿的地方。"

"我想来想去，这样的地方，只有这祖堂屋的梁子上才是最佳地方。"父亲说着，用手指向这堂屋上面的大梁。因为是堂屋，不会有人爬上去，更不会潮湿，不过，这堂屋的检漏工作，自那以后，就是父亲包了。

"晚上，我与老庚藏好这包物品，老庚只说是新四军的秘密物品，要我一定保密，千万别让人发现，这关系到新四军的机密。我也没多问，更没看，拎在手里沉甸甸的。我想，老庚说重要肯定就是重要的。

"后来，我也参加了地下农会，分得一支枪。日本投降后，老庚没回来；全国解放了，老庚也没来。抗美援朝后那年，组织给我发来一纸任命书，调我去城里做军管处主任。那晚，我坐在这堂屋里考虑了许久，然后回复组织，基层工作更适合我。这就是我做了一辈子基层工作的原因。

"1968 年，组织才派人来取这物品，当着我的面打开清点，里面几层油纸包裹着的是许多已经烂成粉末的干电池和一些银圆。当初，这些物资确实是新四军的绝密物资。我在这时候才知道老庚是因部队北上时才放到这里的，他以为部队很快就会打回来，谁知道，渡江战役时，他牺牲了。"

父亲讲完这个故事，就问我："儿子，你知道我为什么要对你讲这个故事吗？"我点头说："明白，爸。"我想，父亲肯定知道了我的事情。

回家后，我就将装有设计资料的U盘交给了董事长。我对董事长说："感谢公司多年来对我的支持，感谢您多年来对我的关心。这是我们研发部研究的新型污水净化机器的设计资料，这产品净化的污水，经过反复测试，能使污水达到饮用水的质量。我想，我是公司研发部的经理，必须为公司负责并保守这个商业秘密，请您放心。"

第二天，就在我准备去其他公司应聘的时候，董事长父子二人来了。董事长将一纸聘书郑重地递给我，神情严肃地说他下个月要将公司的一切事务交给他儿子处理，现在市场竞争激烈，挖墙脚的对手不择手段，他要物色一个能保守公司商业秘密的人做副总，帮助他儿子处理公司的业务……

一个周末的晚上，我陪父亲小酌。我问父亲："爸，您讲的那个故事是真的吗？"父亲神色凝重，什么也没有说。父亲去世前，又特地嘱咐我，说还有一个秘密，让我去老家那房梁上找一份手令，在房梁的右端有个小机关，揭开盖子，秘密就在里面。拿到后，一定要交给组织，那是当年新四军首长对留下的新四军游击队的对敌斗争的命令和安排。当时，父亲是地下交通员。

父亲断断续续地说："儿子，你发誓，一定要严守秘密。"

赎 金

1943年端午节这天清晨，朴福来到"麻福"典当行。

"麻福"典当行在花山镇东面，门楣上一个肥大的"当"字从来者的眼睛蹚入心里，酸甜苦辣的味儿和期盼搅混在一起，再从心里反射到当铺里的柜台上。花山镇街面，一丈八尺宽的街道全部是由大小相同的正方形青石板铺就，昭示着这里曾经的繁华，现在，除了几个稀稀拉拉的当地居民，只有五月的风从街道的东头悠闲地蹚到西头，又从西头折返到东头。

朴福见柜台里没人，喊道，掌柜的可在？朴福来了。脖子高的柜台下冒上来一句话，客官，是当还是赎？朴福说，是赎，掌柜可记得五年之约，现五年期限已到，我要赎回当年的那件衣衫。

随着问话，从柜台下伸出一个人头，问，赎什么衣衫？朴福发愣，不认识，问，你是……那人回答，我是掌柜的。朴福讶异道，你是掌柜？那原来的掌柜贵二爷呢？

嗨，听你话音不像是外地人，咋不知道？几个月前，贵二爷为了赎回他的女人，将典当行典给我了。朴福一惊，问，贵二爷为人和善，做生意又童叟无欺，怎么会发生这样的事？是谁做的勾当？掌柜走出柜台，伸头在门外左右看了，才缩回头轻声说，还有谁？西山的土匪麻七。朴福低声问，那人呢？掌柜说，听说赎金不够，麻七扣留了贵二爷，说是要他在山里做买卖赚够赎钱才放人。

土匪麻七？多年前，他不是参加国民党军队了吗？朴福吃惊了，这股土匪如果真的是麻七带领的，他可有一身武艺。

可不？他凶着呢！听说带了十几个兄弟逃回来，后上山做了土匪，现在有两百多号人。掌柜说着缩了缩脖子，一脸惊怵。

朴福不再说话，走出门外，跳上马背，一勒缰绳，手中的马鞭扬了扬，轻轻抽在马屁股上。那坐骑昂头一声叫，撒开四蹄，往西山奔去。到了土匪山寨门，朴福对守门的小喽啰说，告诉你们麻七寨主，说我朴福来了。寨道两旁迅速冒出几十个土匪，执刀舞枪。朴福视而不见，径直催马就要闯关。

寨门口出来一个人，说道，麻七在此恭迎朴爷，弟兄们让开，有请！朴福随着麻七进了厅堂，分别落座于桌旁。麻七吩咐手下倒了两大碗烈酒。朴福说，我不是来喝酒的。麻七说，朴爷武艺高超，酒量惊人，谁人不晓，再说，敬酒是本山寨待客之道，以示真诚，喝了酒什么都好说，请！朴福说，好，谢了！举起酒碗，一饮而尽。麻七也一仰脖子干了，伸出拇指赞道，好酒量！朴福一拱手说，承让，不过，我今天来，明人不做暗事，我为贵二爷夫妇而来，直说吧，赎金还差多少？麻七却不答复，一伸手将腰间挎着的盒子炮抽出来，"啪"地拍在桌上，这个数！朴福一看，盒子炮呈 9 字横在桌山，说，90 个大洋，不多。麻七哈哈大笑说，他贵二爷的女人花骨朵一个，你太搞笑了，是还差 900 大洋。

好，给你！朴福说着，从身上掏出一个包得密匝匝的粽子，"啪"地砸在盒子炮上，说，这个不止 900 大洋。麻七一瞪眼，喝道，我真诚待你，你却玩我，找死！说罢急忙伸手去摸枪。

朴福双手一摆，说，麻爷，且慢，你扒开粽子看看再掏枪不迟。

麻七停了手，看着朴福，然后转手叼起粽子，缓缓剥开粽叶，金光射到他的眼里，是一锭黄金。

朴福牵着马，带着贵二爷夫妇下山。三个人走到半山腰，贵二爷夫妇突然跪在朴福面前千恩万谢。朴福一把撑起贵二爷夫妇说，应该是我感谢你们夫妻，还记得五年前的端午节，我病危的娘想吃口粽子，可是，我身无分文，想来只得脱下身上那件破衣找你典当。你没有瞧不起我，典给我两个粽子，让我娘去得不留遗憾，还有，你怕我不接受，在粽子里塞入一枚金戒指。是这枚金戒指，让我将娘风风光光地葬了。

贵二爷夫妇一听，面面相觑，原来那枚结婚戒指是不小心包到粽子里去了，难怪夫妇二人翻箱倒柜找尽了屋里屋外，也找不到。贵二爷唏嘘一番，问，你的金锭从哪来的？

朴福嗫嚅一会，红了脸说，我娘去世后，我一个人的日子没法过，又想到没路子赚钱还你这金戒指，没奈何，朋友拉我去伪保安大队……

贵二爷听了，立刻变了颜色，拉着婆娘转身往山上走，说，你，你做了汉奸！我夫妻宁愿死在土匪手里，也不要你这臭钱赎我们。

朴福见贵二爷如此气愤，一把扯住他说，你别急，听我说完好不好？我已经投奔新四军了，这金锭是我在去的路上救了一个被鬼子抓捕的国军将领，他赠的。我有了金子，就去投奔新四军，本来上交给了首长，但首长说我的情况很特殊，让我拿回来兑现承诺。还有，我这次回来的任务是察看西山这帮土匪，听说麻七也时常骚扰日本鬼子，今日看来，他良心未泯，可以收编。贵二爷说，我愿意跟你一起去。

谢了，不用！朴福一拱手，打马转身又往西山奔去。山道上，"嘚嘚"的马蹄声在山风里溅起一路烟尘。

价　值

初春的下半夜，大山里很寒冷。锄奸队长张德应借着微弱的月光察看山头的动静。突然，夜枭的叫声划破黑夜，钻入耳朵。他高度警惕的心情顿时宽慰了些，因为这是湘南游击队接应的暗号。

张德应带着三个孩子。他挨个在孩子的脸上抚摸了一下。他知道孩子需要他的抚摸，这样，可以获得安全感。为了这三个抗日英雄的遗孤，张德应的两个战友已经牺牲。现在护送孩子的担子，他独自担着。

张德应记得临出发前，首长神情严肃地说："派你护送这些革命烈士的后代，你虽然是湘南人，但长期在岭南活动，群众基础好。记住，三个孩子一个也不能落下，要安全送过梅关，交给湘南游击队藩哲夫队长。"首长又安排了两个锄奸队战士，一个叫何小山，广东花县人；一个叫谢回平，湖南常德人。首长更嘱咐："你们到了珠玑巷，游击队有人来接头的。"张德应回答："一定完成任务，首长！"

可是，在横穿清远公路时，何小山牺牲。当时，张德应指挥谢回平带着三个孩子穿越公路，何小山在后掩护。鬼子便衣队发现他们追了上来。何小山说："队长快走，我掩护。"

何小山像一枚楔子钉在路上。本来他可以跑掉的，但为了让孩子获得安全，他跳上石头吸引鬼子便衣队。护送孩子跑上山头的张德应看到何小山的子弹打光了，与便衣队拼刺刀，负伤被抓。鬼子将他吊在大榕树上一刀一刀剐他的肉，他也没哼一声。

谢回平是在晚上牺牲的。当时，是深夜，他们绕过英德的一个村子，孩子们饿得走不动。谢回平要求去弄点吃的。起先，张德应说不行，危险。可是，他看到孩子饿得口水直流时，就从身上摸出两块银圆塞到谢

价值

回平手里，说："注意安全，快去快回。"谢回平摸到村边，谁知道村庄里驻扎着鬼子兵。鬼子的狼狗一叫，谢回平就被包围了。张德应想去接应，但三个孩子怎么办？突然，他听到"轰，轰"两声巨响，是谢回平拉响了身上的手榴弹，与鬼子同归于尽。

张德应含着眼泪背起三个孩子一阵猛跑，直到累得瘫下来，才住脚。张德应歇了一会儿，看看没有危险，就将三个孩子安顿在山洞里，自己去田地里找了些半烂的山芋、红薯给孩子充饥后，带着孩子继续北进。好在这一路走来，山高林密，再没遇到多少危险。

张德应抬头看看，翻过丹霞山，就进入珠玑巷。现在，虽然听到山上传来自己同志的暗号，但张德应不敢大意。他从腰里抽出两支快慢机，握在手里，带着孩子在密林中穿行。好不容易到了山顶，突然，从树上飘下四道黑影。张德应一摆手中快慢机，挡在孩子身前。

"桃花源陶渊明。"来人压低声音试探。张德应一听，是接应同志的暗号，连忙回答："珠玑巷张九龄。"从树上飘下的四个人是湘南游击支队的同志，带头的是游击支队长藩哲夫。藩哲夫让其他队员在梅关警戒，自己则带领三个队员下来接应。张德应握着藩哲夫的手说："可把你们盼来了。"

藩哲夫也摇着张德应的手说："辛苦了，张队长。上级交给我们的任务是要不惜一切代价，接应你们，保证安全。"藩哲夫让同来的游击队战士取下背上背着的包袱，打开来，里面是用米粉烙的饼，让孩子们吃。三个孩子吃饱后，藩哲夫在前，三个游击队员背起三个孩子在中间，张德应殿后，一行人向珠玑巷奔去。

藩哲夫说："走过这段山路，前面的路平坦很多。"张德应听了，一愣，忽然想起多年来抗日的艰辛，就如这走路一样，走了这么多年艰难困苦的路，现在是该走平坦的路了。鬼子这几年的兵力捉襟见肘，在缅甸被国军击败，在中原，更被八路军打得溃不成军。也许用不了多久，八路军就能将鬼子赶出中国。

"我们抗日的路也平坦多了。"张德应接了一句。藩哲夫听了，会

33

意地笑了。

一行人快走到珠玑巷时，已是曙光初绽。张德应说："我们快点行动，翻过梅关，那边就是你们湘南游击队的活动范围。"话音未落，刹那间，两发炮弹从南雄县城那边呼啸而来，有一枚落在他们的身后。

"快卧倒！"张德应急忙扑倒后面那个背着孩子的队员……张德应中弹牺牲。那时，正是1945年2月。

新中国成立70周年，我在常德一所学校给孩子们讲课。当我讲完这个故事，孩子们都哭了。我想起多年来曾有人问过我"三个优秀战士为了护送三个孩子而牺牲，值不值得"这个问题。我走下讲台，一一抚摸这些孩子。我想我得告诉孩子们什么是生命的价值。我说："孩子们，先烈们艰苦抗日,献出生命，就是为了孩子们有书读,有平安的日子过！"

这句话，不是我说的，是张德应烈士牺牲时说的话。我就是三个孩子中的一个。

眼　　睛

你很大，黑漆漆的瞳仁，射出光芒，像无数的匕首。红色的温暖在土壤中蔓延，那是主人的血，一滴一滴从他的伤口滚落，渗入土壤里。大地，感受到那战栗的温暖。主人身上已经有好几处伤口，大腿、背部、手臂，特别是肚子上那道伤口，罪恶的子弹赖在里面，让你主人直不起腰。伤口比铜钱大，你看见主人的肠子流出来。

有几个红军战士扑过来，说什么也要抬你主人一起走。主人命令说："别管我，快占领有利地形，冲出馒头岭，就进入湘南游击区。"

两个轻伤员坚决不走，趴在主人身旁，一起断后。主人强忍住痛，褪下缚住伤口的皮带，挽起衣角，塞进伤口，再用皮带重新缚住。肠子被塞入肚里，可是，血依旧渗出。

主人是红军师长，你是他的眼睛。二十几天前，主人接受首长的任务，阻击湘江南岸十几万追敌，确保中央主力红军渡过湘江。主人已经圆满完成任务，但率领的闽西子弟尚不足千人。主人收到首长发来的电报，指示若无法渡江，可转入湘南打游击。

主人率领的这个师是红军的攻坚师。红军渡湘江前，你看着主人接受首长安排的任务。主人知道这是一场置生死于度外的阻击战。首长知道你主人的机智勇敢和作战能力，不然，这么一个决定八万红军生死的阻击战，怎么会让你的主人来挑呀。

主人让你望着首长，敬礼说："请首长放心，坚决完成任务！"首长从你这里看到你主人的坚毅和信心，把几个装满子弹的弹匣掏出来放在主人的手掌中，转身闯进硝烟里。你看到硬汉首长眼中的泪，挂在眼眼，不肯落下。

风骤然吹起，湘江水波浪滔滔，卷起一阵阵呐喊。

主力红军开始渡江，敌机飞来扔下一串串炸弹，像讨人嫌的老鸦屙屎。主人和留下的红军战士，还有军旗，一起在阵地上生了根。炸弹撕裂土地、树木、石头，但无法撕裂战士们的顽强斗志。

阻击战打了四天五夜，主力红军北渡完毕。主人不敢松那口憋住的气，他与钢铁一般的闽西子弟屹立不倒。大批的敌人继续围上来，战斗惨烈无比。为了保存实力，主人决定兵分两路突围，一路由团长韩伟带领。韩伟不负重托，终于带领部分战士突围而出。主人与参谋长王光道这一路，为了拖住敌人，打得极其艰辛。

敌人像非洲野狗一样凶残，无法摆脱。主人率领战士们突围至桥头铺。主人让你观察地形。主人决定抢渡牯子江，进入湘南，方可安全脱险。主人找到两条木船，指挥战士们渡江。狡猾的敌人在对岸布下重兵，木船行至江心时，突遭伏击，枪林弹雨中，主人腹部中弹。你万分着急。主人顾不得包扎，忍痛将皮带往上捋捋，压着伤口。

战士们怒了，奋力划船，木船像出膛的子弹一样飞向对岸。敌人被击溃。主人忍住剧痛指挥战士奔至富竹湾时，主人让你瞭望地形。通过观察，主人清楚，必须占领前方馒头岭，才能冲出敌人的包围圈。主人的体力不够，与两个轻伤员留下断后。主人一枪一个，撂倒近前的敌人。

看到参谋长带领战士们冲过馒头岭，主人吁一口气，边向敌人开枪，边让两个战士搀扶着撤退到路边的那座破庙里。三个人进去后，凭借破庙继续御敌。主人的子弹打没了，敌人却像蝗虫一样黑压压涌来。主人与两个战士相互搀扶着，威严地屹立在庙门前。主人喝道："我是陈树湘，你们不就是想捉拿我邀功吗？"

你懂得主人的心思。他这一声吼，把追敌全部吸引过来，为突围出去的战士争取更多时间。

你看着敌人抓住主人，欣喜若狂。

敌酋奉上泡好的咖啡和丰盛的饭菜劝降。主人一口拒绝，誓不投降。

敌酋无奈，只好用担架抬着主人去邀功领赏。主人知道突围出去的战士进入湘南。主人想起以前意气风发的日子，跟随叶挺将军北伐，跟随毛委员发动秋收起义和在井冈山的岁月。主人暗说，誓死不做俘虏。他一咬牙，把手指伸进肚子伤口里，抠出肠子⋯⋯

主人牺牲后，你和主人的首级"守护"着长沙小吴门石楼。你圆睁着，看主人最后一滴血，凝固在石楼上。

航 空 线

1956 年春天，我看到一队解放军，从十担丘的田埂上走过。泥巴小路上，他们精神饱满，脚步整齐划一。我很奇怪，他们不走田中间被人踩出的直线路，却走凹凸不平弯曲的田埂。

解放军进了村，散入几户村民家里，帮助劈柴担水。我回到家里，看见父亲在与两个解放军叔叔说话，母亲在煮红苕饭。父亲对我说："你平时说要见解放军叔叔，这不就在你面前，快向叔叔问好。"

解放军叔叔很勤快，年轻有力气，帮村民做了很多体力活。我与他们混熟了。我对他们说出心中的疑团："你们刚才为什么不走田里那条路，又近又好走。"叔叔微笑着告诉我："田是老百姓的，我们走过去就踩紧了土壤，村民耕种时会多费力。"我说："大家都在那里走，反正都踩紧了。"他说："老百姓可以走，我们部队有纪律，不能走。"

我还是不理解。另一个叔叔接口说："小朋友，我们排长说得对，等你长大了，参了军，就会明白的。"

父亲笑说："小孩子咋这么多问题。"

一句话说得大家都笑了。

饭熟了，父亲去喊解放军叔叔来家吃饭。吃完饭，排长按人数付了粮票和钱。父亲不肯收，说军民鱼水一家亲。排长握着父亲的手说："余同志，您的心情我理解，但是，如果不收下这粮票和钱，我们就是违反了部队纪律。"父亲只好收下，用一个布袋装了一些红苕，说："张排长，山里路遥远，带路上解饥。"

张排长连忙从身上拿出两元钱，说："余同志，钱你收下，红苕我就收下。"

解放军往我家对面的列岭脑走去。我问父亲："解放军去列岭脑做什么？"父亲说："前不久列岭脑竖了一根不锈钢旗杆，上面插着红旗，那是飞机的航空线，解放军是定期来检查的。"

"飞机？""是的，我们山村的天空上经常有飞机飞过。"我似懂非懂。不过，我后来知道了缘由，更知道解放军没来检查的日子，守护航空线的重任落在我父亲身上。父亲是高级社社长兼民兵营长，政府发给他一把冲锋枪，与解放军叔叔挎的枪一模一样。

几个月后，又有一队解放军来检查航空线，依旧在我家里吃饭。带队的依旧是张排长。我发现这次叔叔们背的枪与上次的不一样，上次他们背的是冲锋枪，这次背的枪与冲锋枪有点相似，但弹夹是直的，且一长一短，枪身也短些。父亲也发现了这个问题，问张排长："这是什么枪？我第一次见。"张排长说："这是卡宾枪。"他向我父亲介绍卡宾枪的性能。父亲很好奇，说："我能看看吗？"张排长有些迟疑，没说话，但终究经不起父亲的好奇心，把枪递给父亲。父亲接过枪，一边啧啧称奇，一边拿手里抚摸。突然，"哒哒哒"枪响了，一串子弹射向我家楼板。父亲大吃一惊，原来他的手摸到枪的扳机，枪没有关保险。万幸的是枪口向上。

突生变故，张排长连忙拿过枪，一脸惊异。大家吃过饭，张排长依旧付粮票和钱，父亲吩咐母亲用家里仅有的一些面粉给他们烫锅底带路上吃。张排长一边说谢谢一边掏出几元钱塞进父亲手里，又从衣袋里拿出一个信封递给我，说："小朋友，这是赠予你的，是你心心念念的红五星。"

我高兴极了，连忙接过说："谢谢解放军叔叔。"村民们也送来一些食物，张排长身上没有多余的粮票和钱，坚持不收。

一晃，又是几个月过去，解放军叔叔来了，这次带队的是聂排长。我有点失落。父亲没看见张排长，心情也有点欠佳。吃饭的时候，父亲还是忍不住向聂排长打听张排长怎么没来。聂排长告诉父亲："几个月前，张排长的枪里少了几颗子弹，说是被谁不小心发射了，张排长受了处分，不能来了。"父亲顿时后悔至极。我望着楼板上的枪孔，想哭。聂排长也与张排长一样，带领解放军给几家困难户劈柴担水。他走的时候，父亲把村民送来的食物一起打包给聂排长。聂排长也坚持给父亲粮票和钱。

我长大后，成为一名光荣的空军飞行员，参军前夕，怀揣着那个红五星，去航空线站了很久。我思念张排长。再后来，国家航空业发展迅速，有了雷达，航空线渐渐失去了作用，但航空线依旧像哨兵一样屹立在列岭脑。

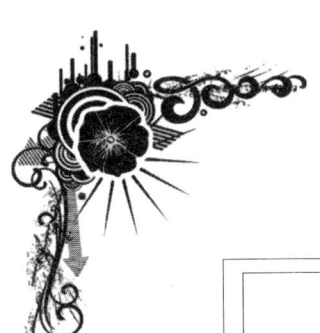

第二辑

领

悟

头　盔

　　王福不去省城儿子王麟的家是有原因的，担心去了，那些求王麟办事的人就会找借口来送礼。王福记得儿子做科长那年，他去了，晚上有人来拜访，并送上大红包，少的都有几千元。王麟一一拒收。王福问怎么回事？王麟回答说，这些朋友平时送礼他不收，现在借故说您来了，特来"孝敬"您。

　　此后几年，王福再也不进城了。

　　王福这次进城，是因为儿子当了局长。王麟见父亲来了，高兴地说："爸，您咋来了？怎么不告诉我去车站接您？"王福看了看儿子，笑着说："儿子，你官做大了，就不想爸来了。"王麟说："爸，我不是这意思，我正打算周末回乡下去接您，您来了得多住几天。"

　　王麟大学毕业后响应学院号召去支边，在大西北待了几年，三年前，调回市里任城建局审计部门的科长，职务不高，但有实权。现在，他因能力强，工作出色，升任局长。王麟一直有个心愿，父亲老了，想接他来城里享几年清福。可是，因为那次撞到朋友来送礼，父亲说什么也不肯来，担心影响王麟的工作。现在，父亲不请自来，王麟很高兴。

　　住了几天的王福很无聊，想说话，找不到对象，为什么？只因偌大的城市，除了王麟，王福再也找不到一个说家乡话的人。王福待得不是滋味。一个周末，他嚷嚷着让王麟陪他去逛街，说要看看城市有啥新鲜事。王麟事多，周末本想清静一下，在家里看看书，见父亲有兴致去逛街，也不便扫他的兴，便陪着他来到公园。逛了一会儿，王福说这里山山水水、花花草草有啥好看，还不如乡下的花草长得自然、顺眼，有香气，要去逛闹市。

　　王麟说好，便带父亲逛了几条热闹的街市。平时，王麟少逛街，不喜欢，也因没时间。王福逛得兴致勃勃。临到中午吃饭的时候，王福看到一家恢宏大气、金碧辉煌的酒店，对王麟说："儿子，我们去那里吃饭。"王麟面有难色，想爸来一趟不容易，应该带他去享受享受，可他不能那样做，那可是五星级酒店。王福见儿子为难，便说："去其他地方吃也行。"

　　王麟只好带着父亲，来到为食街。为食街是政府规划的便民工程，专门做中低档餐厅，方便普通市民用餐。还别说，由于卫生抓得到位，价格也优惠，生意很不错。王麟点了一盘烤鱼、一个青菜、一个汤，价钱不贵，味道很美。吃完饭，父子两个走进"新世纪"超市。王福眼光突然放亮，盯着一块手表挪不开，说："儿子，我喜欢这手表。"王麟一看，这是一款瑞士镀金手表，标价 3.2 万。他沉吟了一会儿，赔笑说："这手表是装饰品，不是用来看时间的。"

　　王福看着儿子的窘样，嘴巴动了动，没说啥。父子又逛到首饰店。王福又要买金项链、钻戒等。王麟心想，爸辛苦一辈子，很节俭，咋现在老是要买奢侈品，可他只有一份工资，要养家供房，没什么钱买爸要的贵重物品。王福看儿子拿不出钱，只得作罢，只买了一个头盔。

　　回家后，吃过晚饭，王福拉着王麟坐沙发上。王福说："儿子，知道我为什么要你带我进高档酒店、买贵重东西吗？"王麟一怔，说："爸，本来儿子是应该满足您的，可是，我……"王福一摆手说："爸知道你没钱，爸是试探你的。"王麟心想，爸您这唱的哪一曲，信不过您儿子。

　　王福说："还记得你儿时，爸开摩托车送你去读书吗？"

　　王麟的眼前即刻浮现一幅温馨的画面：爸开着摩托车载着他，奔驰在山路上。

　　王福拿过那个买的头盔说："儿子，爸今天送一个头盔给你。"顿了顿，他又问："你知道爸为什么送你头盔吗？"王麟想了一会儿，猛然醒悟说："谢谢爸，我知道。"

　　原来，王麟在镇里读初中时的一个下雨天，王福送他去学校，父子两个都未戴头盔。乡间土路，凹凸不平，加上雨天路滑，不幸摔倒，王麟的额头跌了一处伤口。此后，王福开摩托车，一定让王麟戴着头盔。

王福伸手抚摸王麟的额头说："额头上的疤痕长得拢（痊愈），如果做人有了伤疤，那是永远长不拢的。"

王麟知道父亲是在告诫他，为官一定要清正廉洁。他连忙挺直腰说："爸放心。"

斗　气

　　叔公大岑姨九岁。俗语说，男大九抱金砖。结婚四十二年，叔公抱了四十年金砖，夫妻两个，从没红过脸。可是，自从前年搬进这馨园小区后，金砖变成了顽石。关系就像不和谐的齿轮，运转得不协调，日子"咯嘎咯嘎"地响个不停。

　　叔公的老家在农村，那年，年轻的他进城遇到年轻的岑姨，两个年轻人见了就分不开了。叔公勤快，舒筋活络，身体倍儿棒。岑姨像是磁铁的 S 极，被叔公这个 N 极吸引了。岑姨不嫌弃叔公是农村娃，虽然岑姨也是农村的，但城市周边的农村比叔公那山旮旯农村不知道要优越多少个档次。岑姨的父母嫌弃叔公是农村娃，但嫌弃也没用，终究拗不过女儿。

　　两年前的一天，叔公的远房侄儿来了。侄儿给叔公和岑姨捎来了两只自家圈养的鸡。现在农村人养的鸡不多，都是自家孵的，又是吃谷子、玉米和小虫蚁长大的，一年就那么十几只。城里人吃养鸡场的鸡吃腻了，说肉太粗，在嘴里嚼着，淡得像水，因此，就都往乡下跑。乡下农户养的鸡就涨身价了。以前，一只鸡十几块钱，后来涨到一百多，现在三百多一只，就像城里的房子，一路飙升。但是，还是很紧俏，农户们舍不得吃。

　　叔公的侄儿给俩老送来了两只鸡，他这才想起老家还有这些亲戚，心里很愧疚，就留侄儿吃饭。岑姨也高兴，买了猪脚、猪心、猪腰子、大闸蟹、大龙虾，也杀了侄儿送来的一只鸡。叔公打电话叫回儿子窦平和儿媳妇纯英，难得一家人坐在一起，其乐融融。可是，送走了侄儿，叔公与岑姨就斗起气来。

儿子窦平是叔公的骄傲，大学毕业又读了研究生，考了博士，做了公务员，从税务局的科长、副局长、局长，到成为年轻的副市长。南岭市在进一步改革开放的春风里展起了翅膀，一展翅就翱翔万里。城市发展，城中村改旧换新，这么多年，麻雀成了金凤凰，低矮的旧平房建成了高楼大厦，楼房耸到天庭里去，与白云接吻。这都是窦平胸中的宏伟蓝图。

一家人围坐一起，很难得，因为窦平总是忙得见不着人影。叔公知道儿子忙，很少拖后腿。现在桌子上有了侄儿送来的乡下土鸡，香气塞满了房子的空间。叔公吃了，这纯正的土鸡比农家乐的土鸡纯正多了，鸡肉细腻，可以抽成丝，味道清甜，肠胃欢笑起来。一家人大快朵颐。侄儿吃了一口，就说，叔，这味道不如乡下煮的味道。叔公说，这么好吃，很不错。侄儿说，不，味道差不少。可差在哪儿呢？侄儿也说不清楚。不过，土鸡就没人再尝一口了。

侄儿临走，才想起一件事，对叔公说，叔，我想起来了，是水。叔公说，什么水？侄儿说，是煲鸡汤的水有问题。这里的水没有农村的甘醇，所以煲的鸡汤才变了味儿。

叔公一想，是呀，供市里的水是芙蓉湖的，以前还有桃花水母，自己经过那里的时候，湖面像一面天上落下的镜子，湖水清晰得能照出人影。这几年听说开发商削平了湖边的山，建起了海岸新区，房价"蹭蹭"往上涨。肯定是水被污染了。

这个晚上，叔公与岑姨就斗起气来。叔公说要打电话给儿子，说他要投诉市政府的不作为。岑姨说你老头子是想给儿子添乱。叔公说水是民生的大问题。岑姨说你懂个啥。说着说着，话就变味了。岑姨就拿起手机给儿子打电话。窦平自从分管城市规划，忙得一个脑袋恨不得变成四个脑袋，两只脚恨不得变成八只脚，听说父母在斗气，就赶回家调解。

叔公问儿子，我们这喝的水是否有问题。窦平说，爸，水有啥问题。叔公说，你没看到，以前水龙头流出来的水清澈得照得见人影。窦平说，爸，你有话就直说。叔公说，好吧，我就说了，你发现没有，现在拧开

水龙头流出来的水先是黄澄澄的，接着冒白沫，肯定是被污染了。儿子，城市建设得好，居住条件好，经济搞得好，但民生也得搞好呀，这更是大问题。

经叔公这么一提醒，窦平心里"咯噔"一下，这么多年，为了加快城市建设，将南岭市打造成一流宜居城市，白云、蓝天、绿地、高楼大厦是宏伟蓝图，唯独忘记了水。窦平就将这一议题摆上了工作日程里，经过实地考察，南岭市的水确实不宜饮用，只好花了大价钱，将供水管铺到几百里外的北江，让市民喝上了清冽的北江水。

供水获得市民一片称赞，可是，叔公与岑姨的斗气没有停止。这天，窦平又接到岑姨打来的电话。岑姨说，你爸又在与我斗气。窦平安慰说，妈，我晚上回家再说。岑姨说，你爸临老总是犯糊涂。窦平说，妈不糊涂就行。

晚上，窦平回家。叔公就说开了。原来，叔公今天参加了村民岑标的葬礼。南岭市城中村的村民保持着买水这习俗，谁家有人去世，得去河道里买水为逝者沐浴。可是，岑标的儿子找了很多位置，河水都很臭。最后，还是叔公想了个主意，提了一桶清水放河边，让岑家解决了问题。

窦平听了叔公的叙述，确实感到了问题的严重性。这几年为了城市发展，一些基础建设没有同步跟上，是得考虑。

晚上，岑姨对叔公说，我们再也不能用斗气来分儿子的心了。叔公说，该斗还得斗，你没看到儿子的样子，唉，也难为他了，不过，他看不到的事，我们还得帮他看，只是，不能明着建议，那事干政。岑姨笑说，就你鬼点子多，只是苦了儿子。

修　路

这天上午,我在公司会客厅里见一个重要的客户,如果洽谈成功,能长期给客户供货,会给公司带来不错的利润。正谈到要紧处,手机却与我对着来,铆足劲地响。我看了一眼,是那个熟悉得不能再熟悉的 8 个阿拉伯数字。我心里嘀咕一句,就按下手机键。我与客户没持续几句,手机铃声又鼓足劲地欢叫起来。我向客户微笑一下,说了句抱歉。客户点头后,我拿着手机走到一旁去接听,却是父亲打来的电话。

父亲欣喜的话音通过无线电波涌入我耳蜗,又由耳蜗涌入我的脑际。我哪有心思听老爸讲话,连忙回答说:"老爸,难得您老这么开心,又有啥喜事了?"

父亲说:"好你个小子,我说了这么多,你都没听进去,是不是在忙?如果是在谈生意,我就晚点再打给你。"

父亲的智商我一直很佩服。我想他肯定有急事,不过,难得他有如此的高兴劲,我低咳了一声说:"老爸说吧,我听着。"

老爸这才一句一句地告诉我,说赶上国家好政策,家里要修那条唯一通向山外的泥土公路,政府支持村村通公路,拨一半款,不过还有一半欠缺要村民均摊集资。

父亲已经是 89 岁高龄的人,新中国成立前他就参加了地下农会,新中国成立后从初级社长到高级社长又到大队支部书记再到村党支部书记,做了几十年基层干部,一直纠结在任时没能修好家乡这条路,现在国家有了好政策,父亲说一定要带头修好这条路。

我不忍心扫他的兴致。我笑着说:"这是比天还大的好事,肯定是您在牵头收集资吧,不过,我绝对支持老爸,绝对不拖后腿,以后您老

进城也好回村也好，走路脚底不沾泥，这样吧，您开个价，我给就是。"

父亲笑着说："你小子以为这是与客户谈价格？这可是公德，这样吧，你兄妹仨在外做生意，带个好头，得出多点，一人最少五千，我已经登记在集资簿上。"

我还没回答，父亲就讲起他那套教科书式的一套话："旧中国时饭都没得吃，哪像你们现在有饭吃、有书读，还能外出做生意，过舒服日子，这搁以前是想都不敢想的事！那时候，别说大米饭，就连红苕也吃不饱，老是捡别人扔在地上的红苕皮吃，若没有党和党领导的革命队伍让穷人翻身过上好日子，今天说不定你们还在给地主家做长工……"

父亲的这些话我早就能全部背诵下来，一直听他讲这些道理长大的。不过，我也觉得修路是件大好事。我老家叫西冲坳，地处鄂西北一处偏远的小山村，虽然村里竹木丰茂，但因地偏路远，卖不出好价钱。那条懒蛇一样的黄泥路，下点毛毛雨，人们走路常会滑个四仰八叉。大人如此，上学的孩子更甚！

我连忙说："好啦，好啦，老爸，我又没反对，您老定了就行。"

父亲笑着说："是国家有这好的政策，搁以前，连想都不敢想，我们这是享国家的福了。"

几个月后的一天深夜，父亲又打来电话，话兜了几个大圈子，才问我公司的经营状况如何。我了解他，老爸十几年来从不深夜打电话给我，这次肯定有急事。经我循循善诱，他才支支吾吾地说："一不小心弄丢了一万多块公路款。"

我听老头子说过，修路资金是由他管理的，但老头子一辈子做事稳妥，临老了哪这么糊涂？我想不通老头子哪个环节出了错？我连忙打电话给一起在广州的哥和妹。仨人一合计，担心老头子的身体，怕他着急上火弄出啥毛病，连忙给他凑上这笔钱。

一年后，公路竣工，一条宽腰带在青山间飘动，但父亲却没能等到这天，他在公路尚未竣工就离开尘世。

这一年春节，我们回家祭拜父亲，看到村口处耸立一块功德碑，上刻的第一位捐款人就是老支书：一万元。

　　见我兄妹一脸诧异，做村文书的堂兄告诉我：那时候，收修路集资款，还有几家在外打工的村民无法联系到，为了不耽搁修路进度，这资金空缺，是大伯说他来找关系弄。

父 亲 进 城

夜晚 11 点，周正与朋友一起 K 歌 K 得正起劲的时候，手机响了，老婆颖子打来的。颖子着急地说："爸又不见了。"

周正的头"嗡"地一下大了，与朋友打个招呼就急忙赶回家。夫妻俩从临近的中山路找到东风路再寻到城南的富银路，两个小时后才在靠近沿河街的滨江公园找到父亲。

"爸，这么晚了，还在这儿？"小夫妻俩看见滨江公园明明灭灭的灯光下，周如乡坐在水池旁边的长条椅上，心像扎进了一根针。

"我迷路了，转来转去就到了这里。"周如乡冲儿子咧嘴笑着说，"正儿，我在看鱼呢。你快看，这里还有两条鱼也没睡着，大的那条肯定是娘，小的那条是它的崽儿。"

周正很心酸。他自小就没娘，确切地说是没见过娘。儿时，他问过父亲，父亲总是支支吾吾。他长大后再问，父亲一个大男人，泪珠却在眼里冒泡，脸也扭成老树蔸。父亲悲痛地说："我对不起你娘，在你出生的那天，没有钱送她去医院，她就、她就……"

父亲说不下去，周正看着很心痛，往后只在心里想娘。父亲很勤奋，总是能变着法儿赚到够周正读书的费用。周正也总能拿到令父亲满意的成绩单。这不，周正拿到法律硕士学位后就考上了公务员，几年后，娶了聪慧的颖子，也坐到了检察官的位子上。周正就想着不能再让父亲一个人在乡下受苦了，将他接到这大城市里，让他享享清福。起初，父亲不愿意来，说老家空气好，在城市住不惯，直到去年秋天才爽快地答应。

刚来的时候，周正下班经常开着比亚迪带父亲游玩，去滨江公园看鱼儿，去德莱堡农庄吃土鸡煲，去王子山公园吸氧，甚至带他去洗脚城洗了几次脚。想起父亲洗脚的情景，周正就不由自主地笑。父亲一看洗脚的是女孩，怎么也不愿意洗。父亲说自己的脚很臭，让一个女孩洗会熏着她，说什么也不行。好在洗脚城的女孩人乖嘴巴甜，几句"爷爷，爷爷，您老不用担心，就当是您孙女给你洗"的话，慢慢让父亲"就范"。

父亲这走失的习惯是什么时候开始的？周正想起是从自己外出应酬才有的，只要自己出去，父亲就会走失。周正的心就翻起了波浪，一浪一浪往前压，想父亲拉扯大自己受了不少苦，不说其他的，小时候每次吃饭，父亲碗里只有青菜萝卜，自己的碗里不是猪肉就是鸡蛋。父亲说他的肠胃不好，不能吃猪肉，吃了就腹泻，鸡蛋更不能吃，吃了身上就起风坨（食物过敏）。周正长大后才知道那是父亲善意的谎言。

想到这，周正就决定少出门，多在家陪爸。近来反腐，周正手里有很多事要办，他加班加点工作时，父亲也会走失。为这事，周正心想父亲是不是老年痴呆症的迹象，问了做医生的同学，回答说不是。周正想与父亲解释，但这工作上的事，又不能透露给任何人的，父亲也不例外。

一个晚上，周正与父亲坐一起看电视。周正拿出一包好烟递过去说："给你，爸。"

"哪来的，这烟？"周如乡不接，眼睛里写着疑问。

"朋友给的，不贵，才 60 多元一包。"

"60 多元？你爸没那福气！这在乡下可以买 30 斤大米！"周如乡很生气。

周正想劝说，手机铃声打断了他的话，他连忙站起，走到窗前接电话。接完电话，周正赔笑说："爸，朋友约我去吃夜宵，您在家早点睡，我尽量早点回来陪您。"周正说完这话就急着出门。

半个小时后，周正接到颖子的电话，说爸又不见了。周正笑了说，还是老婆聪明，想出这个主意，你快下来，我在楼下等你。颖子说，还不是为了找到爸出走的原因。

夫妻俩开车在离家不远的街道上，看到街灯下的爸弯着腰彳亍着，像老家那个用了很多年的犁辕。夫妻俩鼻子里顿时一起泛酸。

周正说："爸，您怎么啦？老是让我提心吊胆，如果您出了什么事，我该怎么办？这不是让孩儿背上个不孝的名吗？"

"不孝的名算个球，好过我给你送牢饭！"一向脾气很好的周如乡发火了。

原来，周如乡从电视里看到东城的反腐运动，有很多贪官落马，也担心儿子腐败，就决定亲自来看住周正，因此，只要周正迟回家，他就演失踪这出戏。

周正夫妻对视一眼，抱住父亲，眼泪吧嗒吧嗒地落下来。

教 科 书

王钊自幼丧父，但娘从没让他缺衣少食，并含辛茹苦供他上大学。王钊大学毕业后，选择回到老家来植树造林。他老家叫靠山坳，是个丘陵地带的山村，属于市郊。别的平原村早被开发商征收了，建起了商住大厦，唯独靠山坳依旧没变化。

王钊回家后，就一头栽进林子里，与林子融为一体。村里只有无法去城里打工的老人和孩子，他的回归，给村子注入了活力，靠山坳显得年轻了。

王钊将村里那些荒坡荒地栽了树，得到了村干部的鼓励，市林业局也派人下来了解，做了实地调查。几年下来，就见了成绩，他栽下的白杨树一棵棵见高见大。

这不，王钊接到在市旅游局当科长的同学的电话后，更忙得不见人影。娘看他很疲劳，问他："树已经长大了还忙些什么？"王钊笑笑回答："娘，树长大了更要好好看护，杀虫防火，哪样也不能落下。"

看着儿子有志向，娘眉里眼里都是笑。娘说："就你是个大忙人，快吃饭。"

娘一边说一边拉出小桌子，摆上菜肴筷子，再盛上饭。

王钊看到娘鬓白似雪的头发，想到娘为了自己受了很多苦，自己却没让娘享一天福，禁不住鼻子一酸，声音发颤着说："娘，您受苦了。"

"这孩子，娘养你二十好几了，也不见你号一声，今儿怎么啦？快吃饭。"

王钊连忙收住泪，抱起娘转一圈："有娘的孩子是个宝！好嘞，我听娘的，吃饭。"

别看王钊是读书人，但吃饭一点不像读书人，筷子动起来，那些饭啊菜啊就自动地向他嘴巴飞去，咀嚼声也不小，听得娘眼里心里都是笑。娘一边笑着一边将锅里的菜倒进王钊的碗里问："最近不见你与娟子来往，是不是又得罪人家了？"

"娘，您就放一百二十四个心吧，我得罪任何人，也不敢得罪您未来的儿媳妇。"

"那，怎么不见你带她来家里吃饭？"

"娘，我忙着呢，没时间请她来家吃饭。"

"又欺负娘，娘老了，什么事都不晓得，是吧？你这几个月忙得人毛也不见一根，我怕委屈了人家娟子，前些天拿了些鸡蛋去她家里坐坐，娟子的脸色很难看，像病了一般，你这家伙是不是做了对不起她的事？你若对不起娟子，看娘不剥了你的皮！"

"好好，老娘，您放心，"王钊边说边去了厨房打水洗澡，"看把您急的，我与娟子好着呢。"

对话每每如此，娘拿王钊也没办法。

两个月后的一天中午，几辆黑色小车开进了村部，直到晚上，小车才恋恋不舍地离去。第二天，靠山坳沸腾了，大家争相奔走：这下好了，靠山坳终于被征收了。

其他被征收土地的村子早就富裕了，村民们的高兴自不待言。原来，靠山坳是丘陵地带，适合搞旅游项目，建旅游别墅。村民听了兴高采烈，只王钊依旧一言不发，去林里忙乎他的事。

这一天，开发商代表在旅游局领导的陪同下来村里与村民洽谈合作意向，田地按亩补偿，树木按一亩地多少棵树平均计算。村民们听了都不同意，要按砍伐后树的棵数清点，但开发商却不同意，担心村民混水摸鱼，双方各执一词。王钊笑着说："这事好办，大家将树砍了，按树蔸清点不就得了。"

"大学生的书没白读，这方法行。"大家都点头同意，说这是个好办法。

两个月后，树苑的数目清点出来了，大家很惊讶，补偿最多的是村东头的菊花家。她的男人前几年得了脑出血走了，一个人拖着两个幼小的孩子和一个患病的婆婆，生活很困难。

不过有一个怪象，菊花家林子里的树苑似乎没有根，像是被埋入土里的木桩，村民们看出来了，但没有人点明，倒是王钊听到娘咕噜一句："你做的好事，明天去将娟子接过来吃饭，娘想她了。"

后来的日子，王钊常做噩梦，梦到自己被警察抓。一个晚上，娘拿了三万多元钱递给他，叹了一口气后说："崽，做人要清白，房屋补偿款还没到，这是今天收到卖树的钱，你给人家开发商送去，赔个礼，做好事不能走歪路。"

王钊愣怔了，娘咋知道菊花家那树苑是我做的假？

"傻崽，瞒得了城里人哪瞒得过村里人。"

王钊结婚后，成立了一个工程队，质量和交期都很守信用，开发商都愿意与他合作。做了老板的王钊常对人说："我娘是我最好的教科书。"

阿　金

单位分来一个年轻人，名字叫阿金。别看阿金是个名校大学生，但是很勤快，每天早来半小时，将办公室、走廊的卫生和玻璃都弄得很干净。我转业来单位十几年了，还真的是第一次看到这样的年轻人。

不过，一个人积极一天或几天不能让我打心底里喜欢，要持久地积极，我才会真的喜欢。以前，也有新来的年轻人很积极，可是时间久了，一个个都"原形毕露"。也难怪，这维稳局调解纠纷的科室，什么样的人都见过，脾气再好的人只要在这染色缸里打一转，怎么会不变色？

我是分管这科室的，每天必须来逡巡一番。阿金看到我，总会喊"甘局好"。我会礼貌地朝他点头。有一天中午，天气很热，局门前的大理石狮子给晒得直冒烟，广场上的瓷砖也给晒得扭曲着身体，似乎要挣脱的样子。我正要走进局大门的时候，看到一个五十多岁的妇女坐在广场的花坛边上。女人的穿着虽然不是很好，但很干净。

她看到我，连忙跑过来，喊一句："甘局好。""啥柑橘？"当时，我手里拎了一袋柑橘，是拿来给办公室人吃的。"不是柑橘，我是喊您，甘局长。""哦，抱歉，找我有事吗？""是有事。""有啥事？可以进我办公室谈。"女人听了，就不再说啥，坐回到广场花坛上。

我想，这么热的天，她坐在那里晒太阳，不晒出事才怪。我将柑橘分给大家，连忙对阿金说："你去问问广场那个阿姨，看看她有什么事要反映。"阿金答应一句，用一次性纸杯装了一杯水，去了。不一会儿，阿金就返回了。他对我说："甘局长，她说她没钱用，村里又不管她，她只好来上访。"我问："你带她做了笔录没？"阿金说："她不肯来，说只要给点生活费就行，我就给了她几百元钱，说是维稳办给的，她拿了钱就走了。"我拍了拍阿金的肩膀说："小伙子，你新来，工资不高，我给你吧。"阿金说啥也不肯要。

几个月后的一天，我又看到她来了。这次，她没有坐在广场上，是坐在局门前不远的路边。一回生两回熟，我主动朝她点头算是打招呼。她又挪起了屁股，走到我的面前，很礼貌地说："甘局长，您好！"我再朝她点头说："您好！有事情请到办公室说，外面太阳大。"我看了看天，秋天的太阳确实还有点毒。她又不说话了，低了头坐回到那滚烫的花坛基上。

进了办公室，我对阿金说："那位阿姨又来了，上次你不是做好了她的工作吗？怎么搞的？"阿金一脸尴尬，嗫嚅着说："上次真的做好了她的工作，我再去了解一下，甘局您放心。"

阿金出去了一会儿，回来后对我说："我去不远处的商店里买了一袋水果和一瓶矿泉水送给阿姨。阿姨还是说她家困难，村里没人理她，我只好再给了她几百元钱，她答应说不会来了。"我说："你得了解好情况，对于真正有困难的人，我们维稳办有责任帮助，这样不清不白地给钱，她是不是欺骗你？如果是欺骗你，这会助长歪风邪气，如果是真的，我们就是失职。"

阿金顿时脸红得像红灯笼，欲言又止，最后低下头答应："是，甘局。"我见他平时勤快，对于年轻人也不能苛责，就嘱咐道："以后注意些，工作要细致。"

几天后，我出差一周，回来上班时，见到阿金。我问："那个阿姨有没有来？"阿金说："那个阿姨没来，但是……""但是啥，又发生了什么事？""甘局，那个阿姨没来，来了另一个阿姨，不过，也给我打发走了。""给了多少钱？你工资低，不能老让你白给，我这里收到几笔稿费，我给你补上。"说着，我拿出皮夹，掏出几百元递过去。阿金说这是他应该做的，说什么也不收。

晚上下班，我突然出现在阿金的家。阿金见我表情严肃，大吃一惊，脸色煞白。他说："您都知道了？"

  原来，那个阿姨是阿金的母亲，母子俩那样做，是为了给领导好印象。我看出了端倪，但我觉得阿金聪明能干，为了不误解他，我请了一个清洁工坐路边试探他，但是，他这次没给钱却说给了几百元。

  这时，里屋的房门打开，走出一个阿姨，正是两次在局门口遇见的阿姨。她要给我跪下，我连忙扶住。她说："甘局，是我们不对，不该欺骗您。家里很穷，又因为供孩子读书，没什么积蓄。孩子谈了一个女朋友，特喜欢。女方说，阿金若一年内提拔不了，结婚没门。我没法子了，不顾儿子反对，才这样做的。"话没说完，她的眼泪就"哗哗"地掉。

  我听了，苦笑一声，摇了摇头……阿金不知道，我的卷宗里已经有了将他升为科长的提案。

禁　　忌

　　刚进腊月，娘的嘱咐像村前那条小溪里的水，汩汩流淌。娘说："要过年了，不能说不吉利的话。"我与哥心里想着新衣服，但嘴里不得不应答："晓得，晓得。"

　　娘又说："你俩小子别嘴里答应着，却不装进心里，记住，猪骨头、牛骨头，要说'元宝'，不能说是骨头，不然下辈子就会投胎做猪牛；碗里的菜、铁罐里的饭不能说没有了，不然这年就会愁吃愁穿。"

　　我与哥又机械性地应答："晓得，晓得。"

　　娘继续说："前几天，村前狗宝的娘牵了他去茅厕里，用刮屎片（篾片）刮了他的嘴。"

　　用刮屎片刮过嘴的小孩，乱说话了也不应验，但很丢脸。

　　我与哥互看了一眼，心里一颤，莫不是娘看出了我们心不在焉。我装个鬼脸，笑道："狗宝……"

　　哥则跑去堂屋，拿来一段篾片，上下翻动着手说："娘亲，是这样刮的吗？"

　　娘笑了，继而正色道："你俩是不是想试试？"

　　我与哥不敢笑了。一会儿，哥轻声说："娘，我衣服的袖口破了。"我接着说："娘，我的裤脚也破了。"

　　娘又笑了，说："我就知道你们的心思，等你们爸回来，将猪栏里的那头猪卖了，还了欠生产队的钱，再给你两个做一身新衣裤，买一双解放鞋。"

　　"解放鞋？好啊，娘，太阳最红，娘最亲！"我与哥抱着娘唱起歌来。

　　解放鞋2块多钱一双，那可是梦里都想得到的。哥说："娘，那头

猪少说有一百几十斤吧。"我说:"娘,我哥也帮着打过猪草。"

娘说:"嗯,俩乖崽。"

腊月二十,修长江防汛堤的爸回家了。出门时很强壮的爸却是咳嗽着回来的。他瘦得皮包骨头,菜青色的脸像冬夜里的月光。爸将我与哥支出屋去,与娘商量着啥。

腊月的屋外很冷,寒风喜欢爬进衣服的破洞里。我回家拿火炉子,刚走到家门口,我听到娘在哭。我偷偷地趴在门框上听。爸低声劝道:"你别哭了,是我愧对你们母子,但又有什么法子?"娘抽泣着说:"可是,再苦也不能苦孩子,再说,我答应了给孩子买新衣服和新鞋,不能说话不算数吧。"

爸咳嗽几声,叹气道:"那顾不得了,再怎样也不能欠公家的,那头猪一定要交给生产队,队长已经安排了,小年那天就拉去杀,猪肉分给各家各户,让大家过个好年。"

爸的话让我很生气,我连忙跑去找哥。我们没商量出好办法。最后,哥咬咬牙说:"弟,你去将猪栏门打开,让猪跑出去,大家都得不到。"我也咬咬牙说:"好!"

小年那天,我半夜起床,将猪栏门打开,将猪赶了出去。我回到床上,与哥在被子里偷着乐。我低声对哥说,让他们吃不到猪肉。

可是,拂晓时分,我隐隐约约地听到天井中有猪被杀的吼声。原来是猪自动回到猪栏里,我与哥蒙了。

转眼到了大年三十。哥说,弟,讲禁忌也有鬼用,还不是没新衣服。我说,是的,哥。

吃年饭时,哥与我对个眼神,一起将米酒喝完。我操起哭腔说,娘,米酒喝完了。娘听了,连忙说,乖崽,莫哭,很多的,吃不完。

我用勺子敲打着铁罐,发出很大的声响,哪有啊?娘连忙站起来答,有的,我来装给你。娘起身,慌乱中打翻了座椅。哥跑过来,望着铁罐说,娘,一粒也没有。

娘忧伤的眼光望过来。娘将她碗里的米酒倒在铁罐里说,这不就有了，乖崽。我说，那是您吃残的，不要。一旁的爸听了，很生气，瞪大眼睛咳嗽着呵斥，找碴！哥笑着说，弟，爸的眼睛泛白了（将死的人）。

爸发火了，抓起一块骨头掷向我俩。我们侧身相让，骨头打在门上，发出"砰"的一声响。我与哥跑出去。哥又说，弟，爸的骨头打得鼓响（死了很久的人）。

第二天，爸真的出事了，至今我记得很清楚。那天，阳光像冰一样冷，生产队搞开门红，开山炸石，父亲是爆炸能手，拖着病体去了，可事故来了，哑炮了，父亲排爆时出了意外，哑炮爆炸了……后来，我与哥又听队里的人说，父亲在长江防汛工地上被石头压到，受了重伤，花了生产队很多钱，父亲执意不让公家吃亏，才用那头猪抵了医药费。

父亲头七的晚上，月亮又圆又冷，我与哥跪在父亲的坟前，泪下如雨。

酒　神

　　孙有福没别的嗜好，就喜欢喝两口，被大家戏称"酒神"。一天，邻居老吴请孙有福吃晚饭。农村人吃饭大多在正屋里吃，大家边吃边聊边看电视。突然，新闻电台里播报一个叫孙来喜的局长被双规。

　　这下子，大家你看着我，我看着你，然后又一起将眼光集中在孙有福身上。孙来喜是孙有福的儿子，在市里当局长。孙有福的脸色变了，一下子摊在椅上，啥话也说不出来。老吴支支吾吾一会儿，说："有福，快给来喜拨个电话。"

　　一语惊醒梦中人。孙有福连忙给儿子拨电话，可是，电话里来来回回就是一个女音：你拨的电话不在服务区。就在大家面面相觑的时候，孙有福一下子从椅上滑到地上。儿子是他的骄傲，更是他的命根子。在这十里八乡，谁不说孙有福养了一个好儿子，有文化有出息，让孙有福与这小山村都长了脸。

　　现在孙来喜被双规，孙有福哪里能接受得了？

　　说起来，孙来喜不是孙有福亲生的，他妻子因病去世得早，没给他留下一男半女。他也没有再娶，一个人过着不咸不淡的日子。山村里山货多，只要人勤快，药材、板栗、竹笋甚至野樱桃都能弄到，去城里换钱。孙有福虽然钱不多，但也很少缺过。

　　有一年夏天，进城卖山货的孙有福抱回一个孩子，当宝贝养着。孙有福当过队里的会计，懂得文化的重要性，在教育方面很严厉。孙来喜也很争气，上大学后，考上了公务员。

　　现在，孙来喜出事了，大家看孙有福一口气缓不过来，连忙掐人中、灌"救急水"。孙有福这才缓过气。老吴说："说不定不是来喜呢，同名的人很多。"又有人说："来喜是局长，但全国的局长很多呀，也许是其他人。"孙有福一听有理，心情稍微好了些，连忙回家装干笋、腊肉等，装了两个蛇皮袋，第二天就进城了。

孙有福坐了两个多小时的班车，又换乘高铁，下午五点钟左右，赶到儿子家。孙有福见儿子没下班，就支支吾吾地问儿媳妇，这才从儿媳妇口里知道这是一场虚惊。儿媳妇告诉孙有福，来喜前不久工作岗位调动，现在升职市秘书长。

儿子平安，孙有福心里一块石头落了地，踏实了。吃饭的时候，孙来喜回家，看见孙有福来了，很高兴。孙来喜说："以后爸来城里，别带这么多东西，莫累坏了。"孙有福说："不累，本来还想捉几只鸡鸭来，可现在活鸡活鸭高铁不许带。"

孙来喜望着孙有福汗淋淋的脸，眼睛暖得模模糊糊的。其实，孙来喜早就想接孙有福来城里享享清福，可他总是有说不完的借口，这次，他自己主动来住，肯定有原因。

吃饭时，孙来喜知道爸好几口酒，从橱柜里拿出两个酒杯，再从壁柜里取出一瓶汾酒，边酌边说，爸："这酒醇香，很不错，您尝尝。"孙有福的眼睛在酒盒和酒瓶上来回转，再转到孙来喜脸上，问："来喜，这酒看包装，很贵吧？""不贵，爸，给您喝，就是贵也应该的。"

"不贵？这酒，我在电视的广告里看过，要几百元一瓶，够我几个月的酒钱。"孙有福又追问一句："儿子，你哪来的？"

孙来喜说："爸，您总是喝农村酒厂煮的稻谷烧，今天开开荤，放心喝，这是一个建筑老板送的。"孙有福有点生气，说："别人送的你就要？"孙来喜笑说："爸，不要白不要呗。"孙有福呼地站起来，顿时判若两人。他说："别人送的我不喝，给退回去！"

"咋啦？爸，不偷也不抢的。""你当我不知道？我今天就是担心你，特地赶来的，我从电视里看到反贪污受贿，就怕你把持不住，进了监牢，我就是喝了玉皇大帝的酒，又有啥味！"

孙来喜一听，眼圈一下子红了。他说："爸，你儿子怎么会行贿受

孤独如花

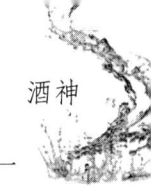

贿，刚才是与您开玩笑的，这是我参加酒征文比赛获得的奖品，还有一瓶，也给您。"孙有福问："真的？""是真的，爸。"孙有福这才笑道："你这小子，咋与爸开玩笑了。"

孙来喜一颗心也落了地，他以为爸来城里是知道他升迁，来找他要拨款的。因为，他一个朋友也是继子，为了满足继父的要求，利用职权违规被双规了。孙来喜很愧疚，说："爸，我的一篇小说发表了，也得了一点稿费，这酒，您若喜欢，我再给您买两瓶。"孙有福喝了一口酒，香气直往鼻子里灌。他说："儿子，你平安，爸就放心了，不过，你用稿费给我买的酒，我就收下，这么好的酒，我正好带回去给乡亲们都尝尝。"

孙来喜起身，打开窗，一阵风吹来，眼睛顿时湿润，心里责怪自己不该怀疑爸，想爸养大他不容易，爸既然喜欢喝汾酒，自己以后的稿费都给他买，让他尝个够，好好尽尽孝。

礼　物

太阳落下地平线，溅起漫天的霞光。三伯是在接到一个匿名电话后，心急火燎地带着平时唱孝歌时敲打的那面小锣鼓，坐了汽车转火车，赶来省城儿子水生家的。

水生见到三伯，一脸的惊愕："爸，您来了，咋不提前说一声？我去车站接您。"三伯脸上的皱纹卷起来，积雨云一样一层一层挤压着。三伯说："我有脚，要你接干吗？"水生见三伯说话呛人，便转移了话题，赔着笑脸说："您这次来了，不回乡下了吧，就在城里住下。"

三伯黑着脸不说话。水生打趣说："爸好雅兴，带着这面鼓。"三伯盯着水生看，说："你老子来，就不能带鼓？"水生再赔笑："我不是这意思，爸。"三伯梗着脖子说："不是这意思就别问。"

水生是三伯的独崽，政法大学毕业后，留校当了讲师。后来，政府选拔干部，水生合乎选拔标准，口试、笔试都获第一名，顺风顺水进了法院，几年后，因政绩突出，做了法官。

水生多次接三伯进城，可是，三伯说在城里住不惯，即使来了也住不了几天就回乡下。三伯在老家，是十里八乡的孝歌手，有一副金嗓子，平时亮起歌喉，余音袅袅，青山共鸣，引得村民驻足侧耳聆听，鼓掌称好。

三伯好记性，能唱很多首孝歌。什么《朱子割肝》《二十四孝》《李逵哭母》等等，他都能用方言或普通话按主家要求唱，更能别出心裁，临时发挥，来几句插科打诨或新编故事。

还别说，西冲坳远离城市，在别家孩子读不起书的时候，三伯凭着自己这副金嗓子送水生读书，硬是让这个山沟沟飞出一只金凤凰。

吃过饭，性急的三伯搬着小锣鼓，坐在沙发上，将小锣鼓放在双腿

孤独如花

66

间夹着，然后，喊水生。

水生在书房里回答"来了来了"，但就是不见人出来。如此几次三番，三伯就有些不耐烦，起身去推水生的房门，看到儿子在伏案写字，知道儿子在忙正事儿，便暗暗叹一口气，罢了罢了，明天再说吧。

第二晚，也是这样。当三伯在客厅摆好架势喊水生，水生依旧在书房里忙碌。如此，半个月过去了。这天晚上，水生没有回家，三伯一个人在家闷得慌，就放好锣鼓，拿起鼓槌准备来一段《教儿经》。小锣鼓是红色的，纤尘不染，鼓面是纯牛皮的。可是，三伯拿着的鼓槌尚未落到鼓面，就听到敲门声。三伯想起儿子的嘱咐，轻易不要开门。他就在猫眼里瞄了又瞄，看清外面是个面白无须、穿着得体的人。三伯想他不是坏人，就打开门问："找哪个？"

"我找水生，大叔。"来人手里提着一个快递纸袋，一副谄媚的样子。

"找水生？他不在家。"三伯看到来人笑的模样，有些不喜欢，但还是回答道。

"哦，您是水伯伯，我是水生的同学。"

"水生的同学？哦，那快进来喝茶。"三伯听说是儿子的同学，态度有了改变。

"我叫付琦，水伯伯。"来人听了三伯的话，肥胖的身躯连忙挤进门，走到沙发前，一手按着沙发靠背，一手扶着大腿，缓缓地坐下。

付琦与三伯说了一会儿闲话，又问了三伯一些家中情况，这才告辞走了。三伯送他出门，回转身才看到，付琦的快递纸袋搁在茶几上。三伯一眼瞥到上面有一行字：老同学，听说你父亲来了，区区小意思，当给老人家买杯茶喝。

三伯连忙拆开一看，大吃一惊，里面是十捆崭新的钱。三伯的心脏如同插了一把刀，看来匿名电话里的话不是骗他的，儿子真的受贿，顿时坐也难受卧也难受。

几天后，水生回家。三伯的脸比李逵还黑，问："儿子，你干了些啥？"

"干啥？没干啥，爸。"水生一头雾水。"真的没干啥？""真的没干啥。""好，我再问你一句，有没有贪污受贿？""咋啦？爸，像审犯人似的。"水生伸手想扶三伯。

三伯火了，将付琦留下的钱摔在茶几上："那，这个是什么？"

水生拿起快递纸袋一看，说："不就是钱嘛，是同学送给您的。"

"儿啊，送给我的？他为什么送钱给我？"

"您是他同学的爸啊。"水生两手一摊。

"儿啊，对爸说，你这几年收了多少钱？"

"爸，我没有收钱。"

"没收钱？这是啥！哎呀，我还是来晚了，儿子，我以前怎么教你的？你都忘记了！"三伯一拍大腿，僵坐在沙发上，老泪纵横，"我就说，我就说你不对劲，就怕你做了官便成了国家的蛀虫，我一直教你做人要讲德要清廉，你却知法犯法啊，儿子！"

三伯又说："你知道我为啥来吗？是有人打电话给我，说你受贿，收了别人的钱，我这次来，就是要给你唱孝歌，听听贤德的古人是怎么做的。"

水生一把抱住三伯，扶他坐沙发上，自己则"咕咚"一声跪下。水生眼睛湿润，哽咽着说："爸，我早就知道，我是您捡来的，但是，您待我比亲生的还亲，您为了我终身没有成家。前不久，我听说农村有老人走路摔死了，一直想接您来城里居住，可是您总是说住不惯，估计付琦知道了我的担忧，瞒着我弄了这个馊主意，给您打的电话，骗您进城。你就别回乡下了，自从我做了法官，确实有一些人为了某些目的给我送钱，正好有您在这里，给我拦住这些人。"

三伯听了，顿时哭笑不得，问："那这钱……"

"爸，这钱是付琦孝敬您的，我确实不知情，但这钱不能收！"

两 个 月 饼

那时候，刘阳坪的老家尚未建市，是座县城。县中医院的院长叫王胜利，是河南驻马店人。刘阳坪听姐说那一年中医学院毕业的他主动要求来这县城的医院。刘阳坪又听姐说他家里人要他回驻马店市医院去，他没有回去。刘阳坪还听姐说武汉协和医院调他去，他也没答应。这事，全县城人都知道。

刘阳坪认识王院长不是在医院里，是在王院长的家里。那时刘阳坪14岁，既是一个患者，也是王院长家的小客人。

刘阳坪得了肾病，由于家贫，一直在乡医院治疗。乡医院的医疗状况比现在不知差多少，但生了病只能去那儿。刘阳坪本来是急性肾炎，医治得当一个月就能痊愈。但在乡医院医治，却反反复复地发作，由急性病拖到慢性病。刘阳坪的父亲是"村官"，天天不在家。母亲看着刘阳坪这样子，知道再去乡卫生院医治没多大用处，心里很着急，流着泪说，我崽这么小，菩萨会保佑的。母亲就让去县城办事的生产队长传话给刘阳坪的姐，说她弟弟的病反反复复发作。刘阳坪的姐听说了，就让刘阳坪坐公交车去县城医治。

刘阳坪的姐是县城蔬菜公司门市柜长，王院长常来买菜，就认识了。其实，也就是见面点点头打个招呼的那种认识。姐见到刘阳坪的手、脚、脸都浮肿，用手指在刘阳坪脸上按一下，又撸起刘阳坪衣袖在他手臂上按一下，再卷起刘阳坪的裤脚在他小腿上按一下，都有一个"小酒窝"，过了好一会儿，"小酒窝"才消失。刘阳坪的姐哭了，嘴里说道，男怕肿手，女怕肿脚，我弟的手脚都肿了，这怎么办？

姐连工作服都没换，就找同事借了钱带着刘阳坪去医院。姐知道王院长是教授，口碑、医德俱佳，知道他医好了许许多多的患者。他名气大，那时候，从县委书记、县长到县城郊区种菜的菜农，很多人都知道县中医院的王院长能妙手回春。姐拉着刘阳坪的手来到中医院，可是王院长下班了。姐四处打听，很晚的时候，才打听到王院长的家。王院长看到刘阳坪，眉毛即刻像战场出征前的将军一样凝聚在一起。他问了刘阳坪以前医治的许多情况，又看了刘阳坪以前的病历表，再用手指搭在刘阳坪拇指根部半寸处的脉门穴，一会儿后，再让刘阳坪伸出舌头。王院长说，好在来得及时，如果再拖下去就可能肾坏死，按现在这种情况还不用住院，我给你开一周的中药，吃了再来复诊。

王院长开了处方，递给刘阳坪的姐，并嘱咐第二天去医院拿药，说孩子急需吃药，会与药房打个招呼优先取药。

回到家，刘阳坪拿着处方笺说，姐，你看，王院长开的药方我认得，乡下的山里田边都有野生的，杜仲、甘草、蝉衣、五味子……

刘阳坪读给姐听，又说，其他医生写的字我不认识。姐说，那是医术低的医生，怕别人学了他们的方子，王院长医术高，不担心别人学会。

由于已经休学了两年，刘阳坪不愿意再休学，在姐家里吃了一个疗程的中药，又找王院长开处方拿了药回学校去煎。王院长说，中药也讲究金木水火土，回去吃更好，其实，煎中药用木炭和土罐效果会更好。后来，刘阳坪每周六去县城拿一疗程的中药，每次都是夜晚到城里，到王院长的家拿处方。

转眼快到中秋。那晚，王院长给刘阳坪开好了处方，临走的时候，往他手里塞了两个月饼。武汉百年老字号汪玉霞月饼，价格昂贵，3.5元一个。刘阳坪每年吃的月饼是他父亲在乡镇买的桂花月饼，2角一个。他将月饼放在书包里，想周三回去与母亲和妹妹一起吃。可是那晚，他向老师请好假后，月饼却怎么也找不到了。

又到周六晚上，刘阳坪来到王院长家开处方。王院长问，月饼好吃不？刘阳坪连忙回答，好吃。可是，谎言顿时让他的脸如同红布一样。王院长什么也没说，开了处方后又去拿了两个月饼给他，并嘱咐说这次

孤独如花

放好，这月饼不含盐分，得了肾炎也可以吃点，过两天就是中秋了。后来，刘阳坪才知道这年王院长只买到两盒月饼，却给了他一盒。

转眼就到了放寒假。那天，刘阳坪在清理木箱的时候，发现有两个月饼静静地卧在箱底的纸盒下，这不正是王院长给他的那两个失踪的月饼吗？月饼没变色，鹅黄的样子，笑嘻嘻地看着他。

一转眼，20多年过去，中秋佳节又快到了，商店里摆了琳琅满目的月饼，刘阳坪又想起了那两个月饼，更想起王院长的医术和医德。

领　悟

　　刘武大学毕业，没找到工作，闲在家里。这年春节刚过，他对爸说："爸，我想去南方打工。"

　　爸听了，想了一会儿说："如果想好了，那就去吧，在家闲着也是闲着，去外面闯一闯也行。"爸帮他收拾好生活用品，将他送到村口，再送到车站，临上车，从内衣里摸出一张银行卡，说里面存了600元钱，应急时用。

　　可是，中秋未到，刘武回来了。爸问："咋回来了？想家可以打电话。"

　　刘武默然不语，过了一会儿才恼火地说："我厂里那个课长做得太气人！"

　　爸问："咋气人？"

　　刘武说："我每次礼貌地与他打招呼，他都不理不睬的，我再做下去有啥意思？"

　　爸说："哦，那就在家待着吧。"

　　第二年，刚过完年，刘武觉得自己待在家不像样，又要出去打工。爸这次啥也没说，只默默地给他收拾好行李，给足了路费、生活费，又一直将他送到车站。

　　这次，更离谱，半年不到，刘武就回来了。他气呼呼地对爸说："我们那个经理太过分，我工作很卖力，做得很出色，可他就是不留意我，将比我差的小鑫提为班长，还有同事们那眼光，让我哪有面子混下去！"

　　"那就在家待着。"爸这次话语更少。

　　第三年，这一年的春天暖和许多，阳光如同小情侣的爱意，腻在身

上舒舒服服的。待在家里觉得很无聊的刘武又对爸说要去南方打工。爸说话了："崽，你出去打工我绝对支持，但你得跟我去春河边坐坐。"刘武说："行。"

父子两个静静地坐在依村而过的春河岸边的石头上，看碧绿如玉的河水，看水里游来游去的鱼。

刘武说："爸，这河水有啥好看的，都看了二十几年。"

爸说："看了二十几年你也没看明白。崽，你看这河水多清澈，你再多看几眼，就会明白其中道理。"

刘武听了，耐住性子静静地盯着河水。清澈的河水静静地流淌着，有鱼儿在河水里自由自在地游来游去。下游那儿有几个游客在戏水，虽溅起一些水花，但河水仍一如既往地流淌着。

爸问："看明白了没？看明白了就可以走。"

"明白了，爸。"刘武回答。

这一次，刘武进了一家鞋厂，厂在珠江新城的北面。

刘武整天重复着一个动作——"抓鱼"。因为，离家前，他爸让他观察静静流淌的春河，是让他悟抓鱼的本事。爸抓鱼是一把好手。春河水齐腰深，清澈如玉，鱼儿忒甜忒嫩，但忒滑溜。若"月母"（刚生婴儿的母亲）没有奶水，能吃几条春河里的鱼，奶水会像泉水一样"突突"地冒。爸凭这本事让家里从没少过油盐酱醋。

刘武现在练习"抓鱼"，但他抓的不是鱼，是鞋面。工厂流水线就像一条河，鞋面是这条河流里游动的鱼。在这条河里讨生活就得练习"抓鱼"的本事，不然跟不上趟儿，会被工厂当着鱿鱼炒掉。

这不，刘武下班了也在练习"抓鱼"——他左手疾速往前抓起，缩回，右手也疾速向前迎合，前后完成不用半秒钟。刘武凭着这一手过硬的本事，工作轻松自如，还常常帮助左右两个同事，这一次，他与同事相处很融洽。其实，他们的工作很简单，是从流水线上抓起鞋面，再将锡扣按入预先订好的孔位。

半年后，刘武的成绩被车间主任看到了，被提升做班长；又一年后，刘武的事迹被经理知道了，被提升为车间主任；后来，公司老板知道了刘武肯动脑，于是，将他提升为生产部经理，并要求全厂职工学习刘武的创新精神。刘武将一生所学与自己的聪明才智发挥到极致，让鞋厂的生产效益连年翻番。

这一坚持，就是五年。这年放年假，想念爸的刘武决定回家过年。老板知道后，亲自安排公司小车给刘武，让他开车回家。

年饭桌上，刘武说："爸，您抓鱼的方法真不赖。"

"抓鱼？"

"那年我去打工前，您带我看春河，让我悟您抓鱼的本事，我将您抓鱼的本事用到工作上，这才被老板提升为经理。"

爸一愣，笑道："崽，这真是误打误撞嘞，爸是让你悟别在意他人是否喜欢你，要努力做好自己，像春河的水。"

哦！刘武一愣，眼睛发湿，心想，虽然自己的理解与爸有偏差，但做人道理却是殊途同归。刘武给爸斟了一杯酒说："爸养大我不容易，我在南方供了一套房，过完年您去那享享福。"

客 家 女 人

　　和平新村，属江东新区管辖，与东江相拥。东江水清澈，滋润得村庄风景秀丽。和平新村的小伙子像松树一样挺拔，女人像修竹一样俊秀。若是外村嫁来的媳妇儿，不用担心她们的模样儿跟不上趟儿，只要把东江水喝进肚子里，美丽只是时间问题。

　　比如冷凤的婆婆陈红梅，刚嫁来的时候，皮肤黑且干枯，可是，几年后，她回娘家，娘家人差点不认得她了。家人一连声地称赞："这东江水，就是不一样。"陈红梅也会笑着邀请："大家有时间，也去住几年，肯定能省了面膜、护肤品的钱。"

　　陈红梅生了儿子朱询，日子甜得像蜜一样。丈夫是刑警，虽然工作很忙，常常不在家，但夫妻两个很恩爱。这样的生活，想不舒心都不行。可是，丈夫在一次缉毒中，不幸把生命光荣地"搁"在广西边境。陈红梅听到噩讯，趴在东江边，泪水流了又流。后来，别人家致富了，有了钱盖新房买新车，她则将积蓄投资儿子读书。朱询很优秀，大学毕业后再读研究生，这才梧桐树引来了金凤凰，娶到校花冷凤。

　　冷凤有才有貌，博士生。冷凤刚嫁来的时候，陈红梅整天笑得嘴巴合不拢，知道冷凤不会做家务，什么活都不让她做。冷凤是独生女，父母的掌上明珠，十指不沾阳春水，四季不入菜市场。

　　冷凤生"小棉袄"那年，几家地产公司看上了和平新村，这里日照时间长，空气干净，宜居，因此，地价像喝饱了东江水的春芽"滋滋"地长。按照补偿，陈红梅家分得三套房。房地产业带动其他产业，很快，村民的日子一天更比一天甜。可是，就在"小棉袄"五岁时，冷凤的好日子似乎走到了头，婆媳之间荡起了刀剑之声。原因是陈红梅开始呼喝冷凤做家务。开始，冷凤没当一回事。陈红梅的脸上便升起了乌云，并且再三要求冷凤做家务活。冷凤上班累，现在又被婆婆要求做家务活，朱询被单位调去新疆支边，心里的委屈无处说。

冷凤想着不制造家庭矛盾，将一切都忍了。有时候，冷凤想婆婆也不容易，就主动帮着打打下手，洗洗菜，刨刨瓜皮。可是，陈红梅不满足于此，开始吩咐冷凤煮饭炒菜。冷凤也会遵照婆婆的嘱咐学做饭，可是，她不是将菜炒焦煳了，就是将饭煮成隔生饭。陈红梅看了，不高兴，咕噜着："现在住上新房，好日子好福气，但不能饭都不会煮，这多少米就放多少水，电饭煲里面有刻度表。"

冷凤本来就很丧气，听了婆婆这一顿抢白，心说，这什么逻辑，住新房就得会做家务活？冷凤工作上很出色，业绩惊人，可就是对家务活不在行。

洗洗刷刷的日子在冲撞中继续前行。冷凤将自己所受的委屈全部隐藏起来，没告诉朱询。她不想朱询着急，更没有告诉父母亲，担心父母亲为她难过。冷凤很努力地学习煮饭炒菜，终于，功夫不负有心人，能烧得一手好菜。陈红梅看了，脸上的乌云渐渐稀薄了许多。她说："我们客家女人一定得下得了厨房。"

一天，冷凤准备出门上班。陈红梅说："下班带点菜回来。"可是，工作了一天的冷凤累得忘记了买菜。陈红梅就叨叨开了，说她以前过苦日子都是这么过来的，一样都没落下，现在的年轻人呐，还不如我们以前过苦日子时那样……冷凤耳朵听得起老茧，但还是忍着。

几天后，陈红梅又叨叨开了，说现在买菜可不像以前摘自家菜园里的菜，要货比三家，会挑会拣，青菜买什么样的才是最新鲜最嫩的，哪种菜是没有农药残留的，像你这样买菜不行。还有，菜买回来，你要知道怎样放冰箱里，青菜要放到冰箱保鲜的地方，肉类要放速冻的地方，这样就不会变味，青菜也不会被冻死，像现在这样存放是不行的……

冷凤委屈得眼泪在眼眶里直打圈。

八月的一天，晚饭后，陈红梅对冷凤说："这住上新房子，日子是

红火起来，别人家的婆婆脖子戴的、耳朵挂的什么都有，只有我什么都没有，我想买金项链、金耳环。"冷凤一听，心里那个火就再也盖不住了，心想，还有完没完呀？您年纪这么大，要这些干吗？再说，家里的补偿款不都是您拿着。但是冷凤嘴里说出的话跟心里想的不一样。她说："您实在需要，那去找您儿子吧。"

一个晚上，吃过饭的冷凤坐在客厅沙发上翻看朋友圈，无意中翻看到婆婆在朋友圈里晒的照片，她戴着金项链金耳环站在自家门口照的相片，还别说，真的显贵气，照片的上面打了一行字：谢谢孝顺的儿媳妇。

冷凤的眼泪一下子溢出眼眶。陈红梅走过来，一把抱住冷凤说："傻孩子，哭啥？妈知道你很优秀，工作忙，现在日子富裕了，妈想享享福。还有，妈担心有一天动不了，你们就没人照顾，这才狠着心逼你学会做家务，可以照顾你自己。如果真到那一天，实在忙不过来，就请钟点工吧。"

"妈！"冷凤控制不住自己的眼泪，在眼眶里转来转去。

陈红梅揽着冷凤说："孩子，我们朱家的人都坚强，别哭，告诉你吧，朱询的爷爷是东江纵队战士，新中国成立后去湘西剿匪时牺牲，他爸爸在一次缉毒中把命丢了，前几年，朱询又去了新疆，我们在家里的女人，一定要学会独立生活。哎，现在是好日子啊，我嫁来的时候，这里是一块块田，现在，都建起了高楼，成商业区了，日子越来越幸福。"

冷凤使劲点着头。

娘 的 心 事

　　父亲过世后，羸弱的娘扛起了这个家。屋漏偏逢连夜雨，不久，娘病了，哥只得辍学。家虽贫穷，但哥头脑活络，买了几本科学种田的书。书是块优质敲门砖，在它一阵"啪啪啪"的敲击下，粮食便打开了丰产的大门，迎接哥和被哥带动的邻居。

　　几年后，英俊健硕的哥就到了谈婚论嫁的年龄。我知道，哥心里有喜欢的人，是邻村的沈芳。沈芳是沈大腊的女儿，与哥很般配，长得很像电影《小花》里那个小花。有一次，我就忍不住喊了她小花姐。

　　这年腊月，阳光暖烘烘的。就在哥想着如何告诉娘带沈芳来家过年时，娘突然又犯病了，很严重。村医束手无策，只一个劲地说："送医院吧，我查不出得了啥病。"哥很生气，揪住他的衣领吼："查不出病，你做啥医生？"娘躺床上恹恹地说："你咋不讲理，你送我去医院吧。"

　　哥只得松了手，对娘说好，又对我说："弟，父亲不在了，我们不能再没有娘，我送娘去城里治病，你一个人好好守岁。"

　　农村人把守岁看得很重要，但娘病了，不能拖。我看了看哥，再看着躺在床上的娘，使劲地点着头。

　　哥出门不久，窗外响起了拖拉机的"哒哒"声，再过一会儿，走廊的青条石响起沉闷的脚步声，哥与沈大腊一起走进来。娘动了动眼皮，说，我没病，让他回去。

　　哥说，娘，您一定得去。娘说，我没病。沈大腊也劝道，他婶子，你就莫拂了孩子的孝心，身体要紧。娘说，这都起了南风，天气暖暖的，我这病不碍事，死不了。

　　我忽然想起娘对我说过的一些话。我凑到哥的耳边说："哥，你去请村东头的刘万四，兴许娘会去。"哥听了一怔，疑惑道："真的吗？"我说："真的。"哥说："管他万四万五的，只要娘肯去就好。"

　　哥很歉意地辞了沈大腊，去请刘万四。也不知为啥，娘看到刘万四来了，就答应去治病。

　　拖拉机"哒哒"地来到汽车站。这时，娘突然说她病好了，不用去了。娘从拖拉机上站起来，风吹动她的衣襟，像一条直立的鱼。哥很担心，疑虑娘是不是回光返照。这时，娘看着刘万四，一脸的笑容，一圈一圈地漾开，像被风吹开的湖水。

　　娘说了一句让我莫名其妙的话："万四叔，这事就这么说定了，你看我家的崽没得话说吧。"

　　刘万四连声说："成，成。"

　　哥看着娘与万四叔，不知道他俩是啥意思。阳光洒在娘的脸上，本来是蜡黄的颜色，竟然润开了酡红。

　　过年那天，娘带回了一个人，谁？刘万四的闺女刘大桂。娘对哥说："崽，这是我托人去刘家提的亲，刘家也不嫌弃咱家穷，说穷无根富无种，只要孩子苗好，就答应了这门亲事。"哥一听变了脸色。鄂东南的农村，有这风俗，女方来男方家过年，这门婚事就是铁板钉钉。

　　哥说："娘，我……"

　　这时候，我想起娘对我说的那番话：沈芳屁股不大，是不会生娃的主，下巴不翘，欠缺福分。你万四叔的女儿大桂屁股大身材壮，能挑又能抬，娶了她肯定好福气。

　　娘突然手捂着胸口，直喊痛。哥慌了神。倒是刘大桂伶俐，连忙搀扶着娘躺到床上，又端来一杯热水喂娘喝了，再揉捏推拿。哥看了，不再说话。那晚，我看到，哥偷偷地跪在父亲的遗像前……

　　新年刚过，娘做主把哥与刘大桂的婚事办了，不知为啥，大半年也不见怀孕。我有几次回家看到娘在父亲的遗像前偷偷抹泪，嗫嚅着："他爸，我做错了吗？"

我去问哥。胡子拉碴的哥抽出一支烟，点燃后狠狠地吸几口，再扔到地上，踏上脚，使劲踩着再转个圈。哥说，弟，你不见你沈芳姐还没嫁人吗?

我的心像布一样被撕裂，明白了哥为啥这大半年没有与嫂子圆房。第二天，我将哥的这番话去对沈芳说了。不久，沈芳就嫁到外省去了，听说是她表姨做的媒。第二年，娘终于抱上了大胖孙子，过年的时候，抱着孙子乐得合不拢嘴。娘说："今年的年饭要煲鸡汤，管他栽田下不下雨（过年喝汤栽田会下雨）。"

森 林 谜 团

　　飘忽的山道，是红色鹅卵石铺就的，像一条绕于林间的绸带。小彤赤脚在上面走，张开稚嫩的双臂，呈一字型左右摇摆，火红色运动衫随风而动，仿佛大自然意外的点缀——一只舞动的火蝴蝶，在小路上翩翩起舞。

　　白云山绿色植被是天然的隔热层，尽管岭南6月的太阳比炉火更炽，但森林里凉风习习。小彤喊我："老豆（爸爸），您来试试。"我看了看手中拎着的鞋，笑着说："那谁帮你拎鞋呢？"小彤说："鞋就放下面，没人偷没人抢。"我说："好。"

　　红色的鹅卵石硌得脚板痒痒的，我也不得不张开手臂左右晃动。小彤拍手笑着说："老豆，您像一只老蝴蝶。"

　　这条红色小道，铺路的鹅卵石呈椭圆形，一颗颗竖立着，像憨态可掬的企鹅。这是白云山森林管理处特意为游览者铺就的，赤脚走在上面，虽然痒痒的，也有点硌痛，但坚持一会儿后，就会有一股舒服感从丹田向四肢蔓延。

　　小彤今年十岁，下半年升五年级。平时读书，沉重的书包压得她直不起腰，现在放暑假了，是她好好玩的时候，可妻却不听我劝，给孩子报了很多班，如英语速成班、钢琴培训班、作文练习班。除了睡觉，小彤的时间就被这班那班塞得没半点空隙。

　　我与妻商量。妻用眼睛剜我："瞧你就那一点出息，那不是爱吗？现在每个家长都在强调别让孩子输在起跑线上。"我盯了妻一眼，反驳道："孩子小，你看看，腰都压弯了。"妻来火了："你不知道吗？幼时一天苦，大来十年福。"

争论到此，我败下阵来。

一个夜晚，我醒来，见小彤的房门没掩上，有灯光从门缝泄出。这么晚了，怎么还不睡？我想叮嘱小彤早点睡觉。推开门，我看到令我十分惊讶的事：小彤有三只手在动，一只手写字，一只手翻书，还有一只手按住作业本。我揉揉眼睛再看，确定自己没看错。

"咳！"我压住内心的震撼咳嗽一声走进去。小彤看到我，连忙喊老豆。我说女儿作业要完成，但也要好好睡觉。说完话我去拉小彤的手，摸了左手摸右手，摸了右手摸左手，确认是两只手，心里这块石头才落了地。可是，此后几天，我再观察，看到忙碌的小彤还是有三只手。

"忙出三只手"，我没想到这句老话应验在我女儿身上。

考虑了几天，我想这事得让妻知道，不然孩子成了畸形怎么办。妻听了，脸色即刻煞白，惊问："那该怎么办？"我说："还能怎么办，即刻减负。"妻听了，沉默不语，一会儿后，使劲点着头。

得到了妻的支持，我问女儿："小彤，以后的周六、周日，爸爸陪你一起去公园玩，好吗？"小彤拍手笑："好啊好啊，老豆。"小彤又问："老豆，妈妈答应吗？"我抱起小彤，在她额头亲一口："妈妈答应了。"

白云山森林公园是纯天然森林，空气新鲜，葱翠清幽，能让游客舒缓神经，缓解压力。此后，小彤的第三只手再也没有出现过。

转眼，两个月的暑假快过完，平时，因担心危险，我没有带小彤去过森林深处，这天，我决定带她去摩星岭看看。摩星岭山路陡峭，林荫蔽道，古树参天，很少有人来此。

走到浓荫处，突然，小彤说："老豆，那边有人。"我顺着孩子的手指方向望去，是个年轻人吊在树上。我快步跑过去解开他的绳子，将他放下来，救治了好一会儿，他悠悠醒来。经过一番询问，才知道缘由。

年轻人说他叫阿勤，家境不好，在打工期间谈了个女朋友，为了女朋友不得不做两份工作。本来两人感情尚可，可是有一天，女朋友硬是说看到他有三只手，不正常，便坚持分手。阿勤莫名其妙地对着镜子左

孤独如花

看右看，自己明明就是两只手嘛。他跑去问同事问房东，大家都说看见他忙起来有三只手。他伤心至极，想这样活下去还有什么脸面，不如一死了之。

听了阿勤的叙述，我心情很沉重，考虑再三，就将女儿三只手的实情告诉了他。我嘱咐他，以后别太忙太累，让生活轻松一些，给自己多安排一些休闲时间，第三只手会自然消失。最后，我拉着小彤的小手说："你看，我女儿不就恢复正常了。"

棋 里 乾 坤

水生的网名叫天宝一号。他工作之外没什么嗜好，就喜欢在网络里杀几盘象棋，几年间，由一个新手升级到大将军。一个周末，难得清闲的水生，又在网里摆开阵势，几分钟过去，也没有人与他对弈，因为，大家一看是久负盛名的天宝一号，便退避三舍。水生正感无聊的时候，对面坐下一个人，叫强伯。强伯问："可以杀几盘吗？"

水生一看是个新手，毫无兴致。强伯又发来一行字：虽然你是个大将军，但我能赢你。

水生不悦，给了个无语的表情。强伯说："你既然瞧不起我，那就打个赌。"水生心想，有意思，回复：好!

强伯"啪啪啪"发过来一行字：我今天没时间，两周后一盘定输赢。水生笑了，回复：好!

两周后，强伯如约而至。水生发一行字：你是新手，你执红先行。强伯回复：谢谢!

两人摆开阵势，当头炮对屏风马，你来我往，一小时后，水生输了。

水生很爽快，说："你提要求吧，但是不能是违法的事。"强伯说："不违法，我提两条，如果你觉得为难，就当我没说。一条是听说南岭市建设很不错，但缺少两个供市民休闲的公园；另一个是你不能老是去赴那些生意老板的宴请。"

水生一听，心里吃惊，对方怎么知道我的生活情况？想问他怎么知道的，但知道问了也是白问，想这两个建议都不坏，再说这个建公园议案就摆在自己的办公抽屉里。水生说："感谢你的提议，我会考虑的。"

一年后，人民公园与花果山公园一南一北，遥遥相望，像南岭市的

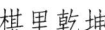

两只绿色眼睛，市民们赞声不断。一个晚上，水生打开电脑，想上网杀几盘。刚进棋室，水生一眼看到强伯，想起上次的"输棋之辱"，便找强伯对弈。

谁知道，强伯这次"弱不禁风"，连出昏招，很快就输了三盘。强伯发过来一行字：我今天身体不好，状态也不好，我们改日再下。

水生心想，输棋找借口。对手棋艺太臭，他也觉得没意思，便回复：好吧。

两个月后的一天，水生想起强伯，于是，回家打开电脑上网。水生一间一间棋室去找，看到强伯在与人对弈。水生旁观了两盘，强伯赢了对手。水生觉得强伯棋法还过得去，又挑起兴趣。两个人坐在一起，强伯打过来一行字：我今天有点累，我们下周日晚上七点钟再来，不见不散。水生想了想，遂回复：好，不见不散。

很快，约定时间到了，强伯与水生在网上棋室碰面，两人寒暄几句，商定三盘两胜制。第一盘，强伯谨慎，摆个守势，以飞象对水生的五七卒底炮。飞象出中路车曾经是一代棋王胡荣华的妙招，稳健，反击凌厉。弈到中盘，风云突变，水生不慎以两卒一车兑强伯一车。水生心想，糟糕，如不变通，肯定会输，于是，铤而走险，发起强攻，想乱中求胜。可是，一番兑子之后，水生还是输了。第二盘，水生先下，他也求变。因为，他必须赢。水生以名家柳大华的高抬炮开局。强伯也是用稳手，还是对以飞象局。水生心里有了对弈之策，一路过五关斩六将，杀得强伯大败。如此，两人又回到同一起跑线上。

第三盘，强伯以进边卒开局。这个开局曾经是广东象棋特级大师吕钦的妙招，看似不经意，却能"谈笑间樯橹灰飞烟灭"。对于这开局，水生烂熟于胸，知道要用排山倒海般的绞杀，方能乱中求胜。于是，水生以更加凌厉的"三部曲"发起进攻。何谓"三部曲"？就是当头炮屏风马出边车。然而，斗到最后，水生由于兵马倾巢出动，反被强伯偷袭成功。

水生有些沮丧。这时房门被推开，父亲水一禾和一个文质彬彬的中

年人走进来。水一禾介绍说，这是全国象棋季军徐川，是他教初中时的学生。水生连忙上前，与徐川寒暄。水一禾又说，儿子，告诉你，赢你的强伯就是我，不过，赢你的两次都是我央求徐川来教我的。你现在是常务副市长，我要给你的头上悬一把宝剑，你整天忙于城市规划建设，却忽略了一些民生建设，你更与那些老板来往密切，爸爸担心你走错路。那次看到你用天宝一号在网上下棋，我就想到用斗棋这个办法来劝诫你。

水生疑团顿开，连续两次强伯都要先约时间，原来是徐川在支招。他谢过徐川，再跟父亲说："爸有话可以直接告诉我，这样被人知道是违纪的。"强伯说："我说过多次，你哪里听进过？若不是下棋打赌，你还在与那些老板进酒楼、入会馆。"

水生握着父亲的手含泪说："爸，我与他们来往，是为了了解他们，让他们为城市建设建言，还有就是想为儿童基金会拉些赞助。"

"那我问你，给市供水的芙蓉水库岸边，政府为什么批给开发商建了'黄金海岸'别墅区，喝的水都被污染了。"水生连忙解释说："嗨，爸，原来担心这个，市政府已批复了人大送上来的议案，以后供水改成北江上游的水，那才是市民的放心水。"

…………

强伯送徐川出门的时候，将一个信封塞到徐川手里，说："这里是一张银行卡，有五万元，是我多年来的积蓄，这点报酬，你别嫌少。"徐川连忙将信封塞入强伯手里，感动地说："强伯，原来你的善意是为了儿子，这钱说什么我也不能收。"强伯说："我知道你们出场费每次最低都有十万元，我真的拿不出。"徐川真诚地说："我们下棋的从来不收出场费，如果您不嫌弃，您又是我爸曾经的同事，就收下我，让我做您真正的学生，我也想在头上悬一柄剑！"

原来，几个月后举办的一场全国象棋大赛，徐川对手的父亲想出五十万买徐川输。

第三辑

冬天里的秘密

断　章

银子浜的河水静静地流淌，月亮银洁生辉，甜甜地笑。月色洒在水面上，斑斑驳驳碎银一般的白。

赢夫坐在旅店窗前，推开百叶窗，夜风不请自来，令寂静的房间热闹许多，清凉许多。窗外，古老的建筑黑黝黝地沉睡着，天幕恍如一匹蓝缎，熠熠生辉的星星恰如缀在蓝缎上的银子、金子。

周庄的夏夜静谧宜人。

忽然，赢夫看到河畔青石板铺就的路面上有个人影在缓慢移动，相距不远，看得真切，是个女孩。女孩穿一件纯白色无袖领边、无纽扣丝绸上衣，下着一条淡蓝色碎花裙子，袅袅娜娜似风摆杨柳，与柳岸、浩空、河水相映成趣。

面对如此夜景，赢夫想起卞之琳的《断章》，情不自禁地吟诵。35个字，正好将此情此景诠释得淋漓尽致。赢夫有一股子冲动，他觉得自己必须去见见这个水墨丹青般的女孩，否则会千古留憾。

当脚步跨出房门的时候，犹豫也跟着跨步而出，赢夫想，自己与她素昧平生，怎样开口才不至于尴尬，怎样交流才不至于令女孩误会自己是个不怀好意的人，讨个没趣倒在其次，让佳人受惊那才是罪过。赢夫怀着矛盾的心情走下台阶，看看女孩就在不远处。赢夫张了几次口，一句话也说不出。

圆月下，倒是女孩"扑哧"一声轻笑，化开赢夫的窘境。女孩落落大方，介绍说她叫杏子，家住周庄。

赢夫明白，一个女孩在异性面前说出自己的名字，便是不讨厌他，连忙介绍自己："我叫赢夫，赢政的赢，夫子的夫。"

杏子又展颜一笑，笑声让气氛一下子轻松起来。

距离感既无，赢夫便打开了话匣，多是说一些对周庄这水乡景致的感知和赞叹，还有典故，娓娓道来，就像他笔下的文字一样优美。杏子是个很好的听众，偶尔微笑着附和一句，也偶尔惊讶赢夫对周庄美景的如数家珍。谈吐优雅、举止得体的赢夫，渐渐使杏子的心湖漾起一圈圈涟漪，与河水一起轻拍着杨柳岸。

月亮西沉，银子浜的流水渐渐模糊起来，那些古建筑的倒影也跟着模糊，还有跟着模糊的是杏子的心事。杏子是个典型的江南女孩，她的心是江南烟雨做的，极易感动。她知道自己被赢夫的才气拨动了心弦，禁不住双颊潮红，意醉神迷，好在赢夫没有看见。为了避免失态，杏子不得不与赢夫作别。

回旅店的路上，赢夫听到杏子清脆的声音从身后传来："明天中午三元楼，不见不散。"

走进租住的旅店，赢夫小坐一会儿，意兴盎然，忍不住站起踱步到窗口，只见河畔处，疏影中，杏子飘逸娇俏的身影依旧在徘徊，也正抬头望向自己的窗口。四目交投，赢夫的心似被一把锤子撞击：这就是一见钟情。

三元楼是一座格局独特的木楼，双层建筑，木楼上的门帘斜插一面银色的旗子，迎风招展，"三元楼"三个鎏金大字热情洋溢。木楼临桥依水，地理位置奇佳，加上菜全是农民自种的，不是菜棚里的，价格也便宜，坐在上面用餐，可以欣赏河面上的渔家唱及周庄优美的景色。

赢夫和杏子如期而至，相谈甚欢。一天、两天、三天、半个月很快过去了。赢夫告诉杏子自己来此旅游的目的是写一篇描写周庄的小说。杏子很开心，高兴地说："那你将我写进你的书里。"赢夫满口答应，但接着又摇头。杏子追问为何摇头，赢夫只笑不答。

又一天，杏子依旧如往常一样坐在三元楼里候着赢夫，可是，直到打烊时分，也不见赢夫俊朗的身影出现。再一天，又再一天，也依然如故。杏子心里念了千遍万遍赢夫，但赢夫始终杳如黄鹤。杏子看赢夫不是绝情之人，但又不知道发生了什么事。杏子再也坐不住了，心想，幸福是靠自己去争取的。杏子放下女孩子的矜持，走到赢夫租住的旅店，但是人去楼空。

房东适时而至，递给杏子一封信，说是赢夫交代好要交给一个前来找寻他的女孩。杏子脸有喜色，接过拆开一看，里面只有四句诗，正是卞之琳那首著名的《断章》：你站在桥上看风景 / 看风景的人在楼上看你 / 明月装饰了你的窗子 / 你装饰了别人的梦。

杏子不死心，将信纸翻过来看，反面端端正正写着一行正楷字：对不起，杏子，我已经是一个孩子的爸爸。

这就是周庄馈赠给我父亲与母亲的爱情故事，至于后来他们怎么走到一起的，请允许我卖个关子。

我在北山等你

乌桕叶将红未红的时候，接到黄理明电话的刘秋燕，心情开始雾霾笼罩。电话里，深情款款的黄理明的声音不再像秋天的阳光那么温暖。黄理明说："燕子，我爸终于答应了，聘请你来公司，月薪三万多，包五险一金，你一定要过来，这是我好不容易才说服爸的。"

"你说啥？"刘秋燕感到很突兀，之前黄理明答应绝不干涉她的爱好，"你怎么不与我商量就做我的主。"

"燕子，我是考虑又考虑的，是为了我们的未来，爸说先聘你做公司人事部经理，历练一段时间，等我们结婚后，就把公司交给我们。"

"你……你不是说尊重我的选择吗？"刘秋燕的手里拿着一片红叶，这是她特意在黄理明领养的那棵乌桕树上采下的，她正想打电话给黄理明，说寄给他。不承想，她却接到他的这通电话。她缓和了一下语气，转了话头说："理明，告诉你一件开心事，乌桕叶快红了，很美丽，你能来一起欣赏今年的红叶吗？"

"美丽？美丽有什么用？能当钱花。"黄理明的话像是被冰箱冷冻过。

黄理明是刘秋燕在南方城市读大学时的同学。刘秋燕大二那年，父亲病了，心急如焚，生活费也告罄，买车票回家的钱也没有。黄理明拿着手机过来了，说："别着急，秋燕，火车票我给你买好了，不过，我买了两张，能邀请我去你家一游吗？"

"当然可以。"刘秋燕连忙感谢。

黄理明又去超市买了火龙果、桂圆和榴莲。

平时，刘秋燕对同学们讲过她家有红军、八路军留下的足迹，有红色的乌桕叶，有火烧云，有红色土壤，同学们很神往。一次，黄理明接口说："本人知道，秋燕同学的老家是一个大司令员的驻地，更久远些，还有美丽的四位姑娘御敌的故事。"

有同学起哄："你这么了解？那你说说她家在什么村？"

黄理明摆出一副老夫子模样，摸着没有胡须的下巴说："让我猜猜，让我猜猜，大家知道不？昨晚有个红军战士托梦给我，说秋燕同学的家位于四姑镇，叫北山村。"

看着黄理明夸张的表情，惹得其他同学哄笑起来，刘秋燕把一颗芳心给了黄理明。黄理明的家是南方大城市，刘秋燕的家是偏远的北山村，但这不妨碍他们之间的爱。从此，南方大城市与北山村因为他俩的爱生出一条感情线。

北山村是大别山的一个村庄，去过的人就没有不爱上的。黄理明也是。他跟着刘秋燕一起去了北山村。那时也是秋天，黄理明陪着刘秋燕坐火车回去，送她父亲去了大悟县人民医院，经医生检查，是急性肺炎，住了一周医院，基本痊愈，一切费用，都是黄理明付的。

刘秋燕说："不能要你出，我认借。"

"一点小钱，说什么借，当我这几天付的招待费。"

"这怎么行。"刘秋燕的爸爸说，"过段时间，我家收获的乌桕树果实可以卖些钱还你。"

"乌桕树？"黄理明一下子来了兴趣。他知道北山村是乌桕之乡，秋天的时候，红红的叶子像红军插在大别山的旗帜。他央求刘秋燕带他去观赏。

"急啥，明天回家去让你欣赏个够。"刘秋燕笑道。

北山村的乌桕树，多数是几十年树龄的，也有几百年树龄的，秋天的树叶全部呈深红色。黄理明见过枫叶，那是火红色。他这是第一次看见乌桕叶，比枫树叶红得深沉，令人有心痛的感觉。他被感染了，像个初次见到宝的孩子一样上蹿下跳。最后，黄理明央求刘秋燕，说城里的公园里有人认养风景树，他也要认养一棵刘秋燕家的乌桕树，他垫付的

那些医药费就当认养费。

刘秋燕理解黄理明，知道他是在帮助自己，也不便拂他的一片好意，便点头同意。

大学毕业后，两个年轻人难舍难分。刘秋燕说要回家乡照顾父母亲，想在家乡创业。她的理想是依托家乡的红色文化，依托乌桕树，把家乡建设成红色乡村旅游景区，让大家牢记革命先烈。黄理明却被父亲逼着回南方城市帮助打理公司。刘秋燕不想分开，但也想不出解决的办法，只好答应黄理明。一对恋人不得不暂时南北分飞。

一晃，几年过去。刘秋燕把四姑镇的自然资源整合起来，并指导村民栽种乌桕树，令旅游业颇具规模，更让乌桕树变成金树银树，结密密匝匝的果实，成为村民的"小银行"。这果实榨的油是机械业的高级润滑油。黄理明家的公司也扩大经营，是市里的纳税大户。

现在，两个恋人对未来的筹划没有相向而行，谁也无法说服对方，相互间刮起了风霜，打起冷战。

又一个秋天到了，乌桕叶又红了。北山村迎来一支特别的旅游队，个个身着红装，特别精神，举着寻找红色故事的旗帜，领队的正是黄理明。他告诉刘秋燕，说他父亲终于点头，尊重他的选择，前来向刘秋燕求婚。他的包里，还装着两份合同，是他爸签了名的两份决定开发北山村旅游业的资金赞助合同。

刘秋燕的眼泪顿时溢满眼眶。谁说坚强的女孩不会掉眼泪。

交警的 A、B 人生

A　面

　　阿笺是个农家孩子，理想是做交通警察，盼望有一天穿上天蓝色的警服，开着一辆白色巡逻摩托车，像一朵云一样巡逻于城市的大街小巷中，威风又拉风。

　　在农村，家里有个孩子读书让整个家庭负重前行，好在阿笺的父亲有一门手艺。俗话说"荒年饿不着手艺人"。阿笺的父亲是个石头匠人，每年农闲的时候，就在大山里挖出大批的石头，再于农闲时给买家雕刻。凭这手艺，全家的日子虽然过得有点紧，倒也没耽搁阿笺的读书。

　　阿笺很争气，与村长的掌上明珠阿翎一起以优异的成绩考入交通警察学院。他们就读的虽然是交通警察学院，但不影响对文学的喜爱之情，在一个诗歌群里，他们认识了姚硅。

　　姚硅见了阿翎，爱恋之心就被牢牢粘住了。姚硅追求阿翎，阿笺是出了力的。阿翎不喜欢富二代，说富二代性格有缺陷，她一个农村女孩只想找个诚实可信的男朋友。阿笺说读了姚硅的作品，不浮躁不浮夸有才气，为人也很稳重。阿翎才与姚硅接触，慢慢被他的优点征服。

　　姚硅感激阿笺，说阿笺是他们的"槐荫树"。有时候三个人去聚餐或者去咖啡屋，阿笺觉得自己做了"电灯泡"，故意推托不去，但姚硅说什么也得叫上阿笺。

　　如此，就到了大学毕业，阿笺与阿翎如愿被分配到姚硅家所在的城市做了交警，据说姚硅的父亲帮了一些忙。

这一天，下雪了，街道成了溜冰场。阿笺驾驶巡逻摩托车执勤，突然发现一辆路虎车可疑。依据经验，阿笺知道司机酒驾，于是，上前逼停路虎。阿笺拿出吹气酒精测试仪，让对方吹气，一看之下，才知道是好友姚硅。

阿笺故意板起脸，说执勤，让姚硅配合。姚硅央求说，阿笺，我这个肯定超标了，但绝对没有达到醉驾，下不为例。

阿笺听了，心即刻像雪花一样柔软，怕影响姚硅的上班时间。

"未若柳絮因风起。晚上请你喝一盅。"阿笺听到姚硅吟了一句"咏絮才女"谢道韫的诗，苦笑着摇摇头。可是，就在阿笺启动巡逻车的时候，前面十字路口，姚硅的路虎"嘭"地一下塞入一辆 10 吨大卡车底下，路虎车被压得车顶与底盘连在一起……

B 面

阿翎从小学到大学都是当仁不让的校花。而阳光男孩姚硅更是含着金钥匙出生。他一岁会走路，两岁能背诵唐诗，3 岁进了政府机关幼儿园，6 岁入读全市教学质量最优秀的第一小学，12 岁考上省一中，18 岁以全省高考第三名被国内某名校录取，21 岁那年，苦追阿翎，并认识好友阿笺。

姚硅为人和气，没架子。每次同学聚餐，他说一句都别争，我付账。若谁与他争着付账，只有在这时候，才能看到他的火气。姚硅除了喜欢喝几杯酒，没有其他不良嗜好。有时候，阿翎与阿笺看他醉酒辛苦，就劝他戒酒。他说，生活不仅仅只有苟且还应该有诗与酒。

阿翎与阿笺若再劝，姚硅笑说，李白斗酒诗百篇，苏子美斗酒读汉书，这些都是后世美谈，等我著作等身，说不定姚硅斗酒留佳话。

可是，那是一个下雪天，马路冻成了溜冰场。姚硅照样开车出门，他新买的路虎安装有防滑装置，不用担心路滑。车开到一个路段，一辆巡逻摩托车追上来，逼停了姚硅的路虎。姚硅透过车玻璃一看，是好友阿笺。阿笺下了巡逻摩托车，敬了个礼说，请配合！说完递过吹气酒精测试仪。

别玩笑了，阿笺，我不就喝了几杯暖暖身，公司还等着我去处理业务。

不行，请配合。阿笺一脸严肃，吹气酒精测试仪倔强地前伸着。

姚硅伸出手拨开吹气酒精测试仪，说，阿笺，我这个肯定超标了，但绝对没有达到醉驾，下不为例。

阿笺凭经验就知道姚硅是酒驾，知道若测试了，罚款事小，但扣分扣驾驶证事大，会影响姚硅以后上班，得挤几个月公交车或者地铁，给他带来极大的不方便。阿笺的心即刻像雪花一样柔软，没再坚持。

未若柳絮因风起，晚上请你喝一盅。姚硅吟了一句"咏絮才女"谢道韫的诗，路虎像离弦之箭一般射出去。可是，车刚到前面一个十字路口，红灯刺眼，姚硅脸热耳赤，猛踩刹车，"嘭"的一声，撞上了前面打横过的10吨大卡车。原来，姚硅慌乱之下错将油门当成了刹车……

阿翎听到噩耗，顿时晕眩。她赶到医院，看到姚硅伤势严重。钱很多时候不是万乘之主，虽然姚硅被救了过来，但双腿被截肢了。阿翎看着，心痛得要死……

阿笺过不了心理关，知道是自己失职才导致事故发生。阿笺去派出所自首。不久，阿笺因渎职被收监。

在许多个夜晚，阿翎独自坐在窗前，望着夜空，白色的月光很冷。有谁知道，有眼泪悄然落下的悲凉。

阿翎做出一个决定，必须大力宣传酒驾的危害性。她向领导递上报告，要求从办公室调到一线。

"喝酒不开车，开车不喝酒。"此后，在城市的许多个显眼位置，巨大的宣传广告牌中，一个英姿飒爽的女警察脸含微笑、举手敬礼，在告诉市民酒驾的严重性。大家更知道，照片中的女孩叫阿翎，每天穿梭在城市的街道中，英姿飒爽，脸含微笑、举手敬礼，礼貌执法……

姐　　姐

这年，我认下个姐姐，叫蒋玉玲。

姐姐大眼睛，长睫毛，更令人称羡的是她的瞳仁就像两面镜子。但姐姐的皮肤黝黑，头发也不敢恭维，无论是整成卷曲还是拉直都不妥帖。她索性剪成了一个男仔头，自嘲地说是广东天气热，弄成短发，清爽凉快，方便梳洗，更为社会节能。

认识姐姐，是巧合。那是一个夏天，我的心情与天气一样糟。公司效益不好，老板说我上班喜欢哼歌，炒了我的鱿鱼。那时候，我一时半会找不到工作，只好抱着吉他在地铁里卖唱。想着自己的现状，心里苦，就反反复复地唱张楚的《姐姐》。这时，她来了，听我唱了几遍《姐姐》，然后拿出一张百元大钞放到我面前的礼帽里，并邀请我吃饭。

有人请吃，我当然高兴。饭桌上姐姐说她33岁，应该比我大，可以做我姐姐。在这异地他乡，能有这么一个姐姐，是我飞来的福气，我说很乐意有了她这个姐姐。

往后的日子，我放弃去地铁里唱歌，在姐姐的帮助下开了一间小店铺，到以前的同事毛头的货仓里批发商品来卖。毛头前几年辞职，做生意发达了，我很佩服。

姐姐对我很照顾，主动帮我去毛头那里挑选货品，更与我无话不谈。她问我以前打工的情况，但说得最多的还是东城，说很感激东城，在这里工作了十多年，成了第二故乡，感恩东城帮助她抚养了孩子和老人。其实，我左看右看姐姐没有33岁，也不像有孩子的人。她除了皮肤稍微黑，脸颊、眼角依然光滑润泽，浑身青春四射。

当我说出疑团的时候，她就说："这是东城的绿化到位，满街的大榕树、木棉树和花草，是天然的城市氧吧。"她又笑着说去年回老家过年，村里老人都惊叹她越来越水灵，像东城人一样漂亮。其实，他们没来过这里，哪里知道这里的人生得什么模样？说到这，姐姐就咯咯地笑，一脸的幸福。

她又说人在忙碌的时候倒不觉得什么，闲下来这思念就像春天的草一样疯长。她说以后回了老家，会想我，若我想她了，就一定要去北方看她，车费食宿费，她全部报销。我看她说得很认真，很感动，心里旋起热流，真想抱抱她。

年前的一个晚上，姐姐做了很多吃的，我俩喝了红酒。姐姐说想抱抱我。我们就紧紧地抱在一起。我看得出姐姐好像还有许多话对我说，直至离开，她只搁下"保重"两个字。

第二年，姐姐没有来，我的思念真的像春天的草一样疯长。我很想与她打电话，但又担心扰了她的清静，只一次次地将她留给我的电话号码摁到一半。

一天，毛头找到我，很豪气地对我说：兄弟，看你生意半死不活的，我给你指一条发财路吧，投资3万去北方做"某工程"，一年半载就身家过百万。

有这样的好事，咋不早说？

以前看你整天腻着你姐姐，懒得告诉你。

十几天后，毛头又来了，是与他的几个朋友一起来的，开着加长宝马，按着喇叭，拉着我一起去天鹅城撮一顿。一顿饭钱，令我舌头伸出好久。

经过毛头多次深入浅出地给我讲课，我终于动了心。我筹好钱，与姐姐通了电话，说我去北方某地做某工程，一年半载就会成为百万富翁，还说等我去那里稳定了，赚钱了，就喊姐姐也去发点财。

山里的一片云

今年，我当上副镇长，主抓经济，贞娘回来了，斥巨资办绣花分公司。我全程陪同考察。今天的贞娘，是个成功的女人，不由得让我想起20年前她嫁给我邻居毛猪的模样。

在老家，新娘出嫁一定得哭，且要哭得杏花含露、梨花带雨。贞娘嫁给邻居毛猪的时候，我放假在家，看得一清二楚，她没哭。我很纳闷，她为什么不哭？

一个月后的一个周末，在回家的路上，我看到一件令我大惑不解的事：作为新娘的贞娘在竹林里低声地悲泣着，声音像阻塞的河水，我听了也没来由地跟着难受。我轻声地喊："贞姐。"

贞娘抬起头，抹干了眼泪，红肿的眼睛像熟过头的桃子。她轻咳一声问："小兄弟，放假啦？"我答是，接着狐疑地问："谁欺负你了？"

"没有，是沙尘跌入眼睛。"贞娘用手揉揉眼睛，"我们回家吧，小兄弟，这事别对人说。"我使劲地点着头。贞娘牵了我的手，一起走。贞娘的手好软好暖和，握着很舒服，像握着熟透的桃子。

回家的路上，贞娘依旧闷闷不乐，我无话找话："贞姐，你结婚那天，给了我两份糖果。""真的吗？""真的，别人都是举着一只手，我是举着两只手。""是吗？你真聪明，我是见到举起的手就给一包的。""贞姐肯定知道我举两只手，是不说穿吧。"贞娘脸上舒展了："就你小滑头，比别人聪明。"这时，我看到贞娘的脸颊成了夏日黄昏的天空，有晚霞在天空中飘来荡去的。我看了，说："贞姐，你真美。我长大了就娶你这样漂亮的老婆。"贞娘涩涩地一笑，说："小兄弟，你还小，懂得啥？"

贞娘心灵手巧，喜欢刺绣。我见过她绣的锦缎：上面是湛蓝的天空，有几朵白云在悠悠游游地飘动；下面是蓝色的大海，有浪花飞溅，还有飞翔的海鸥……我考入市重点中学后，在学校寄宿。学校离家很远，一个月才能回家一次。有一次回家，我撞到贞娘在竹林边默默地坐着，似乎是有化不开的心事。路旁的竹林，修竹婆娑，风吹竹叶。贞娘坐成一幅仕女图。我想起杜甫的一句诗"绝代有佳人，幽居在空谷"。

我的心就有一股莫名的律动，好像那拱土吐芽的禾苗，将土顶得痒痒的。我轻轻地喊："贞姐。"

贞娘见到我，嫣然一笑，但读得出她的笑容里有痛在流泻。贞姐站起来说："小兄弟，回家啦。"我答："是的，要回家来背米和菜。""小兄弟，读书真好。"贞娘嗫嚅了一会儿，问我有没有旧的课本，借几本给她看看。我连忙答有，回到家就即刻将以前学的课本找了许多送给她。

然而，有一次，我看到一个令我脑热心烦的画面。贞娘与一个年轻男子拥在一起，两人抱得紧紧的，嘴对嘴分不出你我，我走近了他们也不知道。我忽然想起我娘说的一句话"在野外见到男女亲热是要走背时运的"。我很生气，毫不客气地指责："贞姐，你……"

他们迅速分开。

"小兄弟，对不起！"贞娘的脸红了，像秋天的枫叶。

男子则局促不安，眼睛里射出很不友好的光。"你回去吧，记住我在这里就行。"贞娘对男子打着眼色，然后转头对我说，"小兄弟，你很善良，哪有善良的人走背时运的？莫听那些迷信。"

看到男子的身影隐匿在山路那边，贞娘拉住我的手，眼波流动，欲言又止。我明白她的意思，是想我为他们保守秘密。我低声问："贞姐，他是你'表哥'（老家对女孩男朋友的泛指）吧？很帅气！"

"嗯，小兄弟，他是我初中的同学，一直很爱我，可是他家没钱，拿不出我爸要的彩礼钱。我弟弟结婚又等着钱花，我便被爸逼着'卖'了给了毛猪。"

我的眼睛湿润了，心里凄凄惨惨戚戚。我说："贞姐，你真善良。"

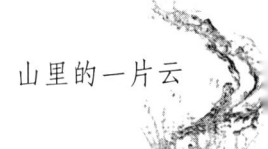

贞娘苦笑一下，啥也没说。

这次以后，不知为何，我再也没有见到过贞娘的"表哥"，也没见过贞娘在竹林边对着夕阳痴痴地望。两年后的一个夏天，在我回家的路上，一个画面吓得我魂飞魄散，贞娘吊在一棵楠竹上，剧烈地摆动着。我狂风一般卷过去，使尽力气拉下竹梢，解开系在贞娘脖子上的绳子。她一下子伏在我的肩膀上抽泣。我不知道咋办，只心痛地用手摩挲着她的脖颈。过了好久，我才弄清事情的原委：原来她与毛猪一起栽田，中午上岸时她的一只凉鞋不见了，毛猪硬说是她的"野老公"拿去了，与她闹离婚。贞娘一气之下，就跑到这来寻短见。

听完后，我愤愤不平，但我心里清楚贞娘寻短见的主因并不是因为毛猪栽赃，是因她"表哥"不守承诺而感到绝望。我还是试探地问："贞姐，你'表哥'呢？好久没见他？你离了婚正好找他去。""他去了南方，听说发财了，我当他……"贞娘眼里没有悲伤，反倒冒着火。

"这个负心汉！"我说，"贞姐，我陪你去南方找他讨要说法！""兄弟，桃子烂了，就不能吃了，人心变了，找也没用。"我愣了一会儿，不知道说什么才好，只有安慰道："贞姐，你这么美，又这么善良，好人有好报的。"

秋天，贞娘与毛猪终究还是办了离婚手续，去了南方。贞娘对人说，是她的闺蜜来信说南方有家大型绣花厂在招工。我为贞娘高兴，终究迈出了这一步。我对着南方的天空说："贞姐，你终于懂得走出去。"

今天，贞娘回来投资，我为贞娘高兴。她说她在南方开了家大型绣花厂，利润一年翻一番。贞娘又强调说："我的成功和今天能够回报家乡，都得感谢小兄弟你和他，你救了我的命，他则帮我联系供货商，找销路，与外商洽谈销售合同。"

我为贞娘高兴，也知道贞娘口里的他，是她的"表哥"——那个初中同学。

冬天里的秘密

在北京，如惠是一个很有名气的歌星。此刻，她坐在咖啡厅里，点一杯卡布奇诺咖啡，用小汤勺一圈一圈地在杯中慢慢搅动，香醇的味道旋转着直往她玲珑小巧的鼻子里钻。

三年前的冬天，初来乍到的如惠很不适应。她是南方人，京城的冬天远比南方冷，那时候还下着大雪。可以说她是逃来的，她认为只有京城这样宽容的城市才能够让她好好疗伤。

喜欢喝卡布奇诺咖啡是因为男友的缘故。如惠在读大学时，一个帅帅的男孩毫无征兆地闯入她的生活。那天在路上，他手中的书像蝴蝶一样飞到地上，如惠从地上拾起，追上去递给他。男孩很感激，就请她去咖啡厅——喝的就是卡布奇诺。

男孩告诉如惠，卡布奇诺有一种独特的让人无法抗拒的魅力，浓郁的香味沁人心脾，要用吸管吸一口品一下，才能够感觉到奶泡的香甜和酥软，还有咖啡豆原有的苦涩和浓郁，更有那份香醇和隽永。

如惠顿时觉得男孩身上也有这咖啡的味道，也就喜欢上了卡布奇诺咖啡。

后来，男孩就成了如惠的男友，男友的家人开着大公司。毕业后，他想让如惠去他家里的公司上班，获得一个舒适的工作。为了爱情，如惠牺牲自己的专业，接受了男友的请求。来到公司上班，作为音乐系高才生的如惠时常会哼上几句，男友母亲听到后很不高兴，训斥如惠。原来当初她听说如惠是学唱歌的，便极力反对儿子和如惠交往，后来耐不住儿子磨才勉强接受。

从此，压抑无处不在，如惠看着男友无所适从的样子，更不想让他

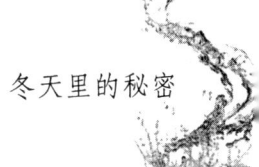

为难，就买车票跑到了北京。

初次到北京，也是夜晚，雪花纷纷往地上坠。如惠找了家旅店住下，那晚，她像窗外的雪花一样睡不着。

雪停的时候，是如惠到北京的第五天。如惠想，该出去找份工作养活自己。可是，她只会唱歌，只得操起专业，去地铁里唱。

如惠在地铁里找个拐角的地方摆上唱机，拿出话筒。如惠很自信，因为她歌喉依旧甜，但唱什么歌好呢？南方人喜欢听粤语歌曲，自己熟悉的多是粤语歌，若在南方城市街头，是想也不用想的，张口就来，且声情并茂，绿化带的花草也会被感动三分。北京人喜欢听什么歌呢？对，就唱《冬天里的秘密》，应情应景。

如惠唱得很卖力，但人们依旧来去匆匆，间或投来一些眼光，也不曾过多施舍。一个月都是如此，如惠想这不是办法，通过打听，才知道北京人多数是三五成群去酒吧或者舞吧里听歌。

北京的酒吧和舞吧，有卡布奇诺的魅力，装潢中西结合，灯光流光溢彩，谁进这样的地方，都会不自觉地被这氛围俘虏。如惠自己做自己的经纪人，用歌声撬开了蓝月亮舞吧的门，后来更一发不可收，三年时间，如惠的歌声征服了北京各大酒吧和舞吧。

杯里的咖啡渐渐减少，如惠的思绪却是刺破咖啡屋，飘向南方。这时，一个身影站在面前，如惠抬眼一看，是男友的母亲。她将手里一个牛皮纸袋轻轻地放在如惠的面前，一脸泪痕。她说，孩子，是儿子央我来找你的，解铃还须系铃人，通过这几年的了解，我知道你是个好女孩，我不该那样对待你，这个，是我儿子留给你的。

如惠打开一看就惊呆了——里面全部是她与男朋友的照片，还有如惠在北京唱歌的照片，每一张照片如同一座纪念碑，再下面是一串见证爱情的房门锁匙——那是她在南方的房门锁匙。一切静静地躺在桌子上，七彩灯光羞怯地晃来晃去。

如惠的泪滴在纸袋上，溅起一朵朵黄色小花。男友的母亲声音颤抖起来，看得出愧疚与伤感交织着。她接着说，你走后，儿子就通过朋友打听到你到了北京，于是暗中帮助，让你演唱事业一帆风顺。儿子说，只有等你成功的那一天，他才能与你相见。只是两年前的冬天，他在来北京的路上出了车祸。

听到这，如惠一阵眩晕。她扶着咖啡桌，颤颤地站起来，忽然瞥见一辆轮椅滑进来，轮椅上坐着的正是微笑着的男友……

孤独如花

月 亮 姑 娘

　　花城风景城东为最。这句话，以前是没有的。但近几年，这句话却被传得沸沸扬扬，人尽皆知。一是珠江的亿元光亮工程，光怪陆离，变幻莫测，美不胜收；二是据说城东有个天仙般的女孩子，名叫月亮，被人们称颂着，赞美着，其风头与亿元光亮工程并驾齐驱。

　　爱美之心人皆有之。在花城生活了多年的我也不免是个俗人，珠江夜景看了几次，而一睹月亮芳泽之心终不能兑现，因为没有居住在城东，相隔甚远，但并不能阻止这念头时时在我脑海里涌起。由于端着老板的碗受老板的管，行动便受了掣肘，不能随心所欲、不能自由自在地自我调配时间，无论多么渴望向往，一直没有实现，故留遗憾在心头。

　　有许多时候，因业务去城东客户公司洽商，但总是来去匆匆，抽不出时间赶去一见，导致至今无缘拜见。再说了，像月亮这么美丽动人、颜如碧玉的女孩子肯定是矜持、高傲的，哪能说见就见我这个貌不惊人、才无五升的俗人？可是，这不能阻止我心底里一直保持着的那个执着的信念。家乡有谚语说得好：要得美人归，脚板磨去皮！好事多磨。我自己也这样宽慰和安慰自己。

　　这一天，是周末，我早早地忙完了公司的事，终于偷得浮生半日闲，终于可以好好地透口气，休息休息。我伸了个懒腰，让全身的神经都达到物我两忘的放松状态，然后，我有了一个决定，坚决的。我静静地望着西下的夕阳，望着天边那道晚霞，在风中荡漾，亦如我此时的心思……

　　当月亮爬上了枝头，我脑海里又映现出自我描绘的月亮，那个如月亮一般的清丽女子，她明眸如水，皓齿似雪……在思念中，我坐上了地铁。

　　地铁里，人满为患。我看到了许多人在窃窃私语，说的是我慕名已久的月亮。听那意思我知道了他们也没有见过这个美丽的姑娘，大概的意思是说月亮之美，不仅面貌万分惊艳，更有高贵的气质，只是，这一切的一切都是一个传说，且流传甚广，但一直没有人看过她的真正容貌，因此慕名而至者络绎不绝，想一睹芳泽者数不胜数。

当地铁走到广元站，从车外进来了高高矮矮十几个人，有一个女孩面貌虽然平凡，但行为极其特立独行，她一句话也没有说，只微微地抬头不经意看了我一眼。刹那间，我惊呆了，当我们四目交投的时候，我发现她的眼光像清辉如水的皎月。我惊奇，这世界上真的有如此这般纯净的目光？我想，今晚即使没有见上月亮姑娘，也是不虚此行。

地铁继续向前，不知过了几站，突然听到地铁播音员的声音从喇叭里传出："城东站到了，请旅客们下车，注意地铁与地面之间的缝隙。"那个平凡的姑娘走出地铁，我也走出地铁，竟然一前一后。不久，女孩走进潮州砂锅粥店，回转身向我微微一招手。我竟然着了魔样的，二话不说就跟着她进去。

女孩要了间雅座，我们走了进去，点了一煲虾蟹各半的砂锅粥，一碟青菜、一份花生米和一瓶苹果醋。砂锅粥，我喜欢吃，但在女孩面前，我不得不斯文一些，绅士一些。我们慢慢地吃，言谈间，我感觉到对面这个目如秋水、博学多才的女孩就是日思夜盼的月亮姑娘。她除了眼睛外，容颜和身材不免让我有些失望，这心情毫不掩饰地从我的心底升起，写在脸上，尽管我尽力遮掩。

吃完了砂锅粥，我们又谈了文学。不知不觉间，我被她的言谈举止、软语温言所倾倒。女孩见我心情好了起来，与我长谈，她说她喜欢我的诗歌，还有我的人品。不知不觉间，时间老人开起了玩笑，将时钟指针拨得飞快地转动，夜深了，我该走了，虽然依依不舍。

女孩让我再等一等，说完就走了出去。说实话，我也十分乐意再陪她坐一会儿，我手握着杯子，想着。不一会儿，走进来一个靓丽的女孩，映衬得满室生辉，灯光失色，真的是绝代风华。我从她的眼睛里看出她就是请我吃砂锅粥的女孩。她就是月亮姑娘，我心里极肯定。

　　我的直觉没有错，女孩告诉我她就是月亮，芳龄二十三，因为我的执着和她对我的倾慕，她决定以真面目示我。我惊呆了，世上真的有这般貌美如花的可人儿，这本来应该是生活在天上的仙女啊。

　　这时，我知道我是真的喜欢上她，尽管我尽力压制，可那喜悦的火焰哪能压制得住。我更知道自己是个俗人，更有想拥抱她的冲动。我对自己说再不走，就是对月亮的亵渎，她是一个这么完美无缺的女孩子。我更清楚地知道，我与她今生无缘无分，毕竟年纪相差很大。

　　"世上没有不散的筵席，我该走了，月亮。"我装着云淡风轻地说。

　　月亮朱唇微微嚅动了一下，欲言又止，但终究什么也没说。离开了砂锅粥店，我踟蹰而行，忽然听到了身后传来笙箫声，吹的是那首著名的曲子：君生我未生，我生君已老。君恨我生迟，我恨君生早。君生我未生，我生君已老。恨不生同时，日日与君好。

　　这一刻，我知道月亮是流着眼泪的，因为我的眼泪已经滴落下来。谁说男儿有泪不轻弹，只是未到相思处。我不敢回头，我怕这一回头，再也不愿意离开她。我知道，月亮是我上辈子的恋人，只因错过了时差，于今生虽然相见，但不能相拥，以后我的浮生我将虚度。我更知道今生月亮注定只是我隔世离空的红颜，与我在这最深的红尘里相逢，但不能相守。难道真的只在乎曾经拥有，不在乎天长地久……

　　就在我诸多感怀的时候，忽然，月亮和砂锅粥店消失了。我怔了许久。说来也巧，当年，我租住的那个村子就在流经村子的那条河畔修了一座望月台。有月亮的晚上，我会去坐一会儿，与月亮对视一会儿。

云　依

男人这一走，就是五年。

男人的老婆叫云依。现在，云依听说男人回家了，将自己拾掇得更干净。脸上搽上雪花膏儿，头发洗得乌云一般，再在头上盘个髻，在镜子里照了又照，看看自己还有哪儿收拾得不够满意。忽然，云依看到自己穿着羽绒服很臃肿，连忙脱下，换上圆领针织长袖衫。尽管春天还寒气逼人，云依却不觉得冷。

一条小公路，像条蛇一样在崇山峻岭中穿来穿去，当"蛇"累得不再动的时候，那就是到了故乡。男人记得，五年前，这条"蛇"是泥土的，凹凸不平，下雨的时候，若在路上步行，那些醉汉子一般的车会玩笑似的溅起泥水，弄你一个狼狈相。现在，虽然也是一车道，却是一条"水泥蛇"，出租车疾驰着，却很平稳。

手机又在裤袋里响起。男人伸手去摸手机，脸上皱起不悦，心想：云依，烦不烦啊，这是你第十次打电话。云依肯定是询问自己到了哪里，好煮饭等着。男人拿出手机看，不是云依的电话，是一个陌生的号码。男人迟疑了片刻，还是用右手食指滑动触屏手机，可是电话里没人说话，不一会儿，那边挂电话了。男人也不理了。

到家的时候，男人看到云依站在大门口，这个曾经相濡以沫两年的妻子，她脸上的桃红色被古树色取代，心里顿时想起城市里另一个顾盼生辉、娇态万千的倩影，心里的落差陡然扩大。男人强忍着情绪，之前对云依的那点愧疚就"哧溜"一下从心里溜没影了。

"回来了？""回来了。"男人心不在焉，听到云依问话也随口答应。两人就在这一问一答中走进屋里。

屋里依旧是五年前离开时的模样。男人扫了一眼，简陋而又寒酸，可见自己寄回家的钱云依没有添置家具。烧火房的正中摆着一张小圆桌子，桌上摆着饭菜，菜碗上反扣着小碗，是为菜肴保温。

"吃吧，快冷了。"依旧是男人离家前的那熟悉的招呼声，轻轻柔柔的语调。男人的脑海一荡，心里一颤，抬头看时，云依笑意盈盈地望着自己，盈满了阳光，只是这阳光没有了烧灼的热度。男人的心又一颤。

"坐车累了，多吃些。"云依给男人夹菜。

"不用，我自己来。"男人说。

"哦，我倒忘了。"云依微笑着拿起另一双筷子夹菜给男人。

"我……"

"你现在是大公司的经理，与城里人一样，我从电视里看到城里人都是用公筷夹菜。"

男人记得在家的时候，云依不是这样的。云依总是喜欢将自己的筷子咬一下，再将碗里最好的菜夹给自己，那时，云依是一个幸福的小女人。尽管男人"抗议"很多次，她总是不改，还满嘴的道理："夫妻哪有这些酸掉牙的讲究，我更要让你记住我。"

男人发现云依的幸福有些僵硬。男人摇摇头，想摇落一脑子心事。

"多吃点。""嗯。"过了一会儿，云依又给男人夹菜。"多吃点。""嗯。"这一问一答像炒菜一样翻来覆去的，说得多了，就枯燥无味，像烂在菜地里风干的菜叶。

这时，男人的电话响起，还是那个陌生的号码，也是没有人说话，也是不一会儿就挂了。一会儿，男人的手机再一次响起，这次是信息提示音：老公，我在你老家的县城里，我偷偷跟来的。之后的一条条信息男人就很熟悉，熟悉得如同身上的气味：老公，好想你！老公，你要想我哦！老公，早点儿回来，我一个人晚上睡觉好怕……

男人的眼里又映现出那个顾盼生辉、娇态万千的富家千金。

男人手机里的信息云依也瞥到了，手顿时冷得不停地抖起来。云依就想起以前虽粗茶淡饭却卿卿我我的日子。云依更想起一句唐诗"悔教夫婿觅封侯"，男人咋都这样？

那晚，云依睡在沙发上，心里下着雪。

第二天，男人坚决要走。那是一个晴朗的早晨，朝霞趴在树梢上偷窥。男人的嘴唇颤动着，但啥也没说。云依看了，心里翻江倒海一样。

当男人的背影隐匿在群山之后，云依发现朝霞在流泪。云依抹了抹自己的眼睛，手湿漉漉的。

那晚，没有月亮，天好黑。

孤独如花

医　援

　　武恒一件一件清理妻子刘越的衣服，有点心慌。刘越走时，没有留下一句话，但留下这么多衣服。女人的脾性是宁愿舍弃男人，也不舍弃漂亮衣服。刘越这次将衣服也舍弃了，可见对他有多么怨恨！

　　武恒拿出手机打刘越的电话，关机；再打，还是关机。

　　其实，武恒清楚刘越是不能容忍自己的固执。武恒以前是在机关写写公文的秘书，工作稳定，收入稳定。可是，武恒却有一个不安分的头脑，当看到朋友们发表了作品得了奖，他觉得天天写公文扼杀了他这个未来著名作家的天分。因此，不顾刘越反对，他辞职做起了专职的业余作家。

　　武恒写公文是一把好手，文字在他手里能淌出一条条河，可写散文、小说却不是那回事，作品投出去，就如石头扔进死海里。

　　开始，刘越只婉言说几句。后来，她看到武恒整天守在电脑前魂不守舍的样子就来气，柳叶眉像扭动的泥鳅，鼻孔里的气体如同烧到100摄氏度的水，水蒸气冒个不停。刘越是中医院的主任医生，平时脾气很好，现在发起火来九头牛都拉不回。刘越说："再这样，你就娶你的文字当老婆吧！"

　　本来就没作品发表，武恒的心情很糟糕，是需要安慰，而不是横眉毛竖鼻子的苛责。刘越作为妻子，为什么就不理解他呢？武恒这样想，也来了脾气："娶就娶，好过你这无理取闹。"

　　这下可好，像一桶汽油的刘越，正愁找不到着火点。她一把将耳环、戒指、项链取下，"啪"的一声放在梳妆台上说："这个家，你还顾不顾？如果不顾，我就走！"

武恒一看，那三件首饰是自己送给她的结婚礼物，心里也来火，扭头不理刘越，继续坐到电脑前。

刘越不再说话，走进卧室，一会儿就甩门而去。

武恒写字写到傍晚才知道饿，才想起刘越。武恒对自己说："不回来也好，啰里吧嗦的，乐得耳根清净。"

武恒去做饭，可从来没做过饭的武恒不知道自己一餐吃多少米，煮饭时米和水的比例是多少，也不会做菜。武恒搓着双手，心想干脆泡方便面吃。

武恒吃了一周的泡面，心就慌了，感到事态的严重性。武恒想起刘越走的时候，在卧室里待了一会儿，就去卧室里寻找，看看她有没有留下"蛛丝马迹"。武恒知道凭他与刘越的感情，为这么一点小事情吵架，刘越是不会闹离婚的。

可是，武恒什么也没找到，气恼着说："你就不回吧，半年不回也行。"

武恒一语成谶，刘越这一走，真的半年了。武恒傻眼，感到自己的骨髓时时刻刻有鼠、蚁在啃噬。每过几天他就整理刘越的衣服，不让刘越的衣服蒙上一点点尘埃。

武恒思来想去，就去找他前单位的领导。经过苦求，领导才答应让他回去工作。

这一天，武恒下班，夕阳下，他的影子在城市的高楼墙壁上弯弯曲曲地移动着。到了家门口，看到一辆市医院的小车停在那。车里人看到武恒，立即跑过来，伸手捉住武恒的手说："对不起，武秘书，今天才来告诉你喜讯。"

"啥喜讯？"武恒一头雾水。

"刘主任是我们市的骄傲，她在这次抗非典中，荣立二等功。"

"非典？二等功？"武恒有点蒙，难道刘越绝缘了半年，是被抽调去南方医院医治非典病人？武恒想到非典，打了一个冷战，话说不利索，"她，她，人呢？"

医援

"刘主任安好，您放心，现在，她快痊愈了。她担心你急坏了，让我们先来告诉你，再过几天，她就出院回家。"

武恒顿时明白刘越与自己吵架离家的原因，原来是不想让自己知道她南下医援。现在，武恒得知刘越染上非典，不由得膝关节一软，差点坐地上，泪水溢出眼眶，暗骂自己混账。

后来的日子，武恒业余时间也码码字，刘越当起他的校对员。夫唱妇随，武恒陆续发表了一些作品，加入了市作协。一天，早晨的朝阳漫过玻璃窗，铺满书房。武恒摇了摇有点酸涩的脖子，欣喜地喊道："拙荆，快来给拙作《医援》挑挑刺。"

"啥拙荆，你真不害臊！"刘越笑骂着，端来一杯冒着热气的咖啡，一路小碎步跑进书房。

紫 荆 路

谢长风初遇王思媛，正是紫荆花怒放的时候。

紫荆路是一条休闲路，两旁栽种着紫荆花，迎宾女孩一样排列着，路右边是静静流淌的轱辘河。这是谢长风在花城除了公司、租住屋的第三处所，工作之余喜欢散步，呼吸这里的新鲜空气，感受这紫色的热情。

王思媛走过的时候，谢长风看到，痴了，因为在他眼里这个女孩的动作不是走，而是飘着的。

那时候，正是秋天的时节，空气里饱含着熟透的味道，下班的谢长风照例来到紫荆路，灿烂的紫荆花撩拨着他的情怀，晚霞荡漾在碧波里，紫和赤交相辉映，似仙山琼阁一般。谢长风看得入了迷，忽然，他发现有一朵移动的紫荆花，娉娉婷婷、袅袅娜娜，像童话中的天使，一路播撒着秋天的温柔。谢长风疑是幻觉，揉揉眼睛，再掐掐大腿，也不能确定。

女孩一身紫衣，凌波微步。女孩走过谢长风的身旁，冲发呆的他浅浅一笑，这一笑，醉了谢长风的心，如饮甘醇。眼见女孩渐渐消失于自己的视线，他才后悔不迭，恨自己为何不能大胆一些，向女孩讨要电话号码，哪怕 Q 号也行。

女孩的笑容从此牢牢地定格在谢长风的脑海里。

无论是开心抑或烦恼，无论是不是花开季节，只要有时间，谢长风便将自己交给这紫荆路。谢长风原本是不相信一见钟情的，遇见女孩以后，他推翻了自己以前的定律。他在心底里问自己，这到底是属于哪一种情思？答案不言自明。谢长风五味杂陈。

漫长的等待开始了，谢长风渴盼再见女孩一面，长这么大，第一次对一个女孩动心。谁知，这一等便是漫长的一百多天。这期间，谢长风

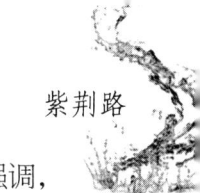

接到了父母的许多个电话，催促他回家相亲。母亲在电话里一再强调，女孩是怎样的漂亮，怎样的贤淑。然而，谢长风任凭母亲怎样劝说，甚至胁迫，也不为所动，总是有许多理由搪塞。他的心，被紫衣女孩塞得满满的，再无空间让其他女孩进入。

功夫不负苦心人。

春天到了，紫荆树吐出新芽，谢长风的期盼也如这新芽一样伫立枝头。他终于等来了自己日思夜想的梦中人。虽然不是紫荆花绽放的季节，但谢长风的欣喜之情并没有减少。可是，正当他想用在心底预热了千百遍的问候语上前与女孩搭讪的时候，自卑感忽然顿生。谢长风想，自己虽有一份比较体面的工作，但在这大都市里算什么？自己无房无车无大额存款，凭什么去追求天使一样的女孩？她会接受吗？现在女孩的口头禅不是说"宁愿坐在宝马车里哭，也不愿坐在单车上笑"吗？这么一想，谢长风迈出的脚步停滞了。

女孩看到谢长风，依旧送来一个浅浅的微笑。

谢长风虽然没有胆量与女孩搭讪，但每天下班后依旧彳亍在紫荆路上。他的心愿是只要能看上女孩一眼就心满意足。女孩依旧隔三岔五从紫荆路走过，依旧袅袅娜娜，依旧走过谢长风身边的时候回头浅浅一笑。谢长风的心依旧如辔辘河的流水一样层层涟漪，但那句问候语依旧无法说出口。

这样的日子虽然难熬，却也过得飞快。转眼秋天到了，紫荆花一簇一簇地怒放着，依旧灿烂地点缀着秋天。谢长风却看到一个令他心碎的画面，像谢了一地的紫荆花。一天，谢长风看到紫衣女孩踩着紫荆花的舞步走过来，与以往不同的是身边多了一个英俊潇洒的男孩。两人边走边亲切地交谈，样子亲密无间。走过的时候，女孩依旧回头对谢长风浅浅一笑。

谢长风惊悸了，心一阵阵刺痛，他不知道自己是怎么走回出租屋的。他心想只有这样的男孩才配得上她。不久后，花城的秋天遭遇了几十年不遇的台风，惦记着紫荆花的谢长风赶到紫荆路的时候，紫荆花坠了一

115

地，就像他此刻的心情。心灰意冷的谢长风决定辞职回老家，接受母亲安排的相亲。

两个月后，谢长风按照母亲安排先独自去市区的咖啡厅里与对方见一面。橘黄色的灯光下，对面坐着一个男孩，是那个英俊潇洒的男孩。他告诉谢长风，他母亲与谢长风母亲是同事，来相亲的是他的表妹，叫王思媛。她喜欢谢长风，但苦于他不回来相亲，在紫荆路，见谢长风喜欢自己但不主动，便不得不相约表哥演出那一场刺激谢长风的戏。

谢长风听完，双手一颤，捧着的咖啡杯子跌落在桌上，打着旋儿，像一朵紫荆花。

爱 情 密 码

　　最近发生的一件事，让王娟感到很愧疚，特别怕提到钱，她觉得对不起老公。她想和老公谈谈，但话到喉咙口，又"咔溜"回到了肚子里。她怕老公那个躁脾气，尽管还未领教过。有时候，她也想让老公骂一顿或者打几下，自己会好受些。

　　几天的煎熬令王娟有些憔悴，她决定还是告诉老公，毕竟家是夫妻双方的，他应该有知情权。

　　王娟是经人介绍认识老公的，相处了半年，就决定嫁给他。一是她年纪大了，快挤进剩女队列；二是老公脾气，介绍人说有点躁，但其他方面倒还可以，勤劳、憨厚、顾家。婚后，夫妻俩虽不能说是举案齐眉、相敬如宾，但也是不争不吵的那种。

　　王娟的工作比较轻松，但工资不高。她老公的收入虽然比王娟翻几番，但是很劳累，他是疏通下水道的作业员。自从有了女儿后，夫妻俩又供起了房子，还得赡养双方老人，自然，在这个繁华的大都市里，他们是比较拮据的一族。

　　俗话说"穷有穷过，富有富过"，王娟也想将日子过得有点颜色或者泛起涟漪，可是，她老公是榆木脑袋，不懂情趣，总是用一句"早点休息，明天还要疏通下水道挣钱"之类的话敷衍，将王娟冒起的一点"欲望"掐到窒息，掐到死亡，仿佛他降生尘世的使命，就是为了疏通下水道。

　　王娟就有些不满，暗暗地生闷气。但老公是她自己选的，又有什么办法呢？离婚的念头偶尔也从心里发芽，但开枝散叶后，她又骇得一大跳。她知道这条路行不通，因为，老公在她父母眼里是个好女婿，在女儿眼里是个好爸爸。

这天，王娟买了一瓶西风王酒，弄了几个拿手好菜，莳汁蒸鱼头、白灼竹节虾、咸鱼蒸茄瓜，只等最后一道糖醋排骨起锅，就端到饭桌上。

王娟时间算得很准，老公该回来了。

"菜煳了，老婆。"这时，传来开门声，男人回来了。

"哦，我在接电话，是女儿班主任打来的，说孩子在学校的表现，这段时间有进步。我只顾说话就忘记了锅里的菜。"王娟也闻到了焦煳味，心情忐忑的她猛然想起煤气炉上还在炒着的菜，抬头看时，锅正在冒烟。

谎言让王娟的脸起红晕，好在男人没进厨房。

"老婆，你知道今天是什么日子吗？"男人的声音从在客厅里传来。

"啥日子？"王娟故作镇静，心想该来的一定会来，如果他发火，自己得忍住。

"是你的生日，老婆！"男人回答。

"我的生日？不是孩子了，懒得记。"男人的爱，还是令王娟感动，"又买了什么礼物？别浪费钱了，随意一下就行，你每天疏通下水管道又冷又累，还有，钱得用在应急处。"

虽然言不及心，王娟的心还是如同蜜糖一般甜。

"没买啥……"王娟的一席话轮到男人吞吞吐吐。

接着，是一阵沉默。"老公，我想与你说件事。"王娟的话还没说出口，男人又说话了："老婆，听说你们单位的王斌得了食道癌，大家都在给他捐款。"

男人的话令王娟心中大骇，心跳顿时加速，准备接受暴风雨的肆虐。王娟吸了口气，再慢慢呼出来，说："这个，我，是有这回事。"

"对不起，老婆，今年你的生日，我没有买礼物。"接着，男人的一番话令王娟感到很意外，"但我想你也会同意我这么做的，我将给你买生日礼物的钱，以你的名义捐给了王斌。"

"捐给谁……"

"捐给王斌。"男人走进厨房，伸出手拥住王娟，头靠在她耳边轻

爱情密码

轻地说，"老婆，你不会责怪我吧。"

王娟一颗狂跳的心瞬间安静下来。她将头偎在男人怀里。过了良久，王娟抬起头，用粉拳在男人的胸口擂了几下："老公……"

原来，王斌是王娟的初恋，后来与她分了手，现在得了食道癌，王娟把工资卡里的钱取出一千元捐了。这几天，男人见她憔悴，以为她为没钱捐款而烦，想着不能让老婆被人说成没有爱心的人，他就将平时积攒的准备给王娟买生日礼物的一千多元钱以王娟的名义捐了。

远　香

肖闵去梅州的时候，是灿烂的四月。在这灿烂的时光里，肖闵认识了远香。

梅州有条河叫梅江，梅江有个旅游项目是游船。这船类似竹筏，又有点类似画舫。船舱里，置一张小桌，摆几张矮凳。桌上有几瓶"禾谷香"酒，每瓶度数不同，供不同客人饮用。下酒菜是梅州特色的酿豆腐、梅菜扣肉等。撑篙的是清一色的梅州女孩。女孩的体香和酒香、菜香，在江面上荡漾，微风吹动，香溢十里。

就在肖闵顾盼的时候，来了一艘游船。女孩问肖闵是否坐她的船游江。

女孩微胖，阳光吻上她的皮肤，白里透着微微的红晕，如同梅江的水晕，阳光下，一圈圈洇开。肖闵回答："好。"

上了船，肖闵立在船头。梅江的水，波纹款款，水波不惊。闲聊中，肖闵知道女孩叫远香。远香告诉肖闵，梅州多数是客家人，梅州很有特色的花是梅花，白的胜雪，红的似火，颜色虽然与北方的梅花相似，但花骨朵却厚实许多，开到来年四、五月，花落地上，"当当"有声。肖闵也赞道："梅州的梅花好看，梅州的女孩也像梅花一样好看、耐看。"

远香没回答，微微一笑，红晕从脸上漾开，两个酒窝毕现，像梅江的漩涡。

四月的梅州，温馨，妩媚，风情万种。两岸的建筑群缓缓向后游走，肖闵偷偷看一眼这撑篙的远香，想着该写点什么文字，散文？诗歌？小说？

思绪中，船到了上游，梅江的身段袅娜起来，像女孩的柳腰，但水

势依旧平缓。肖闵将思维拉了回来，落于两岸的梅花丛和各式各样的骑楼上。古旧的房子，错落有致于现代建筑群中，让远古与现代融洽地相守相依。

就在肖闵搜肠刮肚寻找词汇的时候，远香吟诵起林徽因的《你是人间四月天》。她清丽脱俗的嗓音和那甜糯的客家普通话一下子俘虏了肖闵的听觉神经。

肖闵打着节拍，轻轻唱和。远香侧头看看肖闵，香汗恣意漫过脸颊。她说："让你见笑了，我很喜欢林徽因和她的诗，她不愧为奇女子，可惜，只可惜……"

远香叹了一口气，秀眉微皱，没再说下去。肖闵知道她说的只是可惜的指向。林徽因没有嫁给徐志摩，谁也无法说清是对是错。肖闵不好说什么，从口袋里拿出纸巾递过去，再倒了一杯 50° 的"禾谷香"，一仰脖子，酒香漫过肖闵的四肢百骸，心莫名地悸动，如有一股热流从心田蹚过。恍惚中，一千年前唐朝那个天资聪颖的上官婉儿便站在肖闵的面前。肖闵对远香说："你很像一个人。""谁？""上官婉儿。"

远香听了，怔忪起来，一语不发。

游完梅江，已是金乌投林，公路旁的霓虹灯"刷"地如花绽放，路上行人尽情地享受这慢时光。远香请肖闵吃晚饭，让他享受了梅江的风景，再享受梅州的客家风味。肖闵想了想，拒绝了，因为，怕他心里那头小鹿跳出来。但远香却坚持送他到酒店门口。

晚上，肖闵睡在酒店洁白、绵软的床上，忽然听到他的心里有芽儿拱土的声音。肖闵失眠了。辗转了一夜，他知道不能留下，决定提前结束旅程。

肖闵改签好火车票，提前五个小时赶到火车站。他在车站广场徘徊，又不停地朝着梅江的方向凝望，怅然若失。这时，远香来了，捧着一个大纸箱。她说她去酒店找肖闵，想带他游梅园小镇，游叶剑英元帅的故居，可服务员说他已经退房，她知道他喜欢梅花，就送来这盆景。

顿时，肖闵的思维如有电流通过。远香又再三嘱咐说到家才可以拆开看。

第二天到家，肖闵急迫地将盆景纸箱打开，里面是一棵梅树，黝黑的虬干，将死未死，而顶部却鲜活着一枝嫩绿，向着他轻笑。盆景里有一个信封，他拿起拆开，几行隽秀的正楷字呈现于他的眼帘。信里说她是个文学爱好者，是他的微友，一直追看他的作品，知道他喜欢梅花，多年前便请梅州一个著名的园艺师栽培了这盆梅花，终于有机会送给他……信的最后，写的是上官婉儿那首著名的诗词《彩书怨》：

叶下洞庭初，思君万里余。露浓香被冷，月落锦屏虚。

欲奏江南曲，贪封蓟北书。书中无别意，惟怅久离居。

肖闵这才想起一件事，五年来，他的朋友圈只要发了新帖，就有一个梅州女孩给他点赞。

一年后，肖闵的母亲旧病复发，需要昂贵的医疗费，他抚摸着这梅花盆景，如同触摸远香的肌肤。他讷讷着："对不起，远香，我现在是一文不名，母亲病重又急需钱，去年就有人出高价买这盆景，我视如珍宝，哪能出卖，今天，实属无奈……"万般无奈之下，肖闵将这梅花盆景高价卖了。

母亲病愈后，肖闵将这件事通过信息告诉了远香。远香回一条信息：你可知道，那盆景是我父亲留给我的嫁妆，我父亲是袁鸣。

袁鸣，是全国著名的盆景大师。肖闵愧疚万分，这时远香又发来一条信息：我知道你母亲一直身体不好，所以，赠这盆景以备你不时之需，盆景是身外之物，不必挂怀。

风中的小丫

二姨家的麦地在村东头，小丫喜欢去玩耍。这一天，小丫追逐着鸟儿，来到麦地。看到麦苗，小丫就想起麦子做的棉花糖。

小丫心想：妈妈就像棉花糖，舔舔就没了。

春天的时候，经过霜冻的麦地，踩在上面有一股柔软的温暖从脚底直涌到心底。小丫就这样一个人在麦田里来来回回地踩着，一串串小小的脚印就像她的一件件心事。小丫望着这些无忧无虑的麦苗，心里很羡慕。小丫想，这一丛丛麦苗有妈妈，我的妈妈呢？

小丫想到妈妈，就笑了，像歇在树枝上的"吱吱"欢叫的鸟儿。

小丫记得她也是有妈妈的，以前在家的时候，听邻家的婶说过，妈妈很疼爱她。至于后来怎么没有妈妈了，小丫不清楚。后来小丫听到了更多关于妈妈的事，她们说起妈妈的时候，有的人恨，有的人厌，有的人笑，有的人默然不语，但有一种动作是相同的，就是看到小丫走来的时候，都是用眼光"瞥"她几眼。小丫很懂事，知道她们是在说妈妈的坏话，于是，小丫心里骂："你们这些狼外婆！"

狼外婆是奶奶告诉小丫的。奶奶对小丫说："凡是说别人坏话的女人都是狼外婆。"

"我妈妈去哪了？奶奶，我要妈妈。"很多时候，小丫拉着奶奶的衣襟撒娇。

"小丫乖，你有奶奶疼呢。"奶奶抱着小丫，用手在她的小脸蛋上来回地轻轻地搓。

前年，不幸的小丫连奶奶的声音也听不到了，小丫哭得很大声。奶奶故去之前，来不及告诉小丫她的妈妈去了哪里，哭得很大声的小丫也

123

忘记了问，等到想问的时候，奶奶那双秋蝉壳一样的眼皮已经耷拉了下来。好在奶奶的去世也给小丫带来了一点好处——她的爸爸回来了，但是办好奶奶的后事后，爸爸就走了，仿佛他是硬生生挤进这时空里来的，又被这时空给挤了出去。

临走前，爸爸将小丫带离这住了五年、摇摇欲坠的土坯房子，安排到三十几里远的二姨家里。

爸爸说："小丫乖，等爸爸打工赚很多钱回来，像其他人家一样盖新屋，小丫就可以住在敞亮的新屋里读书，好不好？"

小丫摇摇头，看看爸爸，又懂事地点了点头。

过了一会儿，小丫想妈妈，问道："爸爸，那时候，妈妈会回来吗？"

爸爸说："会有妈妈的。"

小丫笑了，放心地让爸爸走了。

就这样，两年里，小丫再也没有回到那土坯房子里。小丫想奶奶，想爸爸，想那里的小蜻蜓、小蜘蛛、小青蛙、小鸟儿，但想得更多的是妈妈。在小丫的心里有一幅画，画的是妈妈，画中的妈妈是最漂亮的、最慈善的。小丫又想到棉花糖，妈妈的声音像棉花糖一样甜。小丫吃过棉花糖，那还是奶奶在世时给买的。小丫想着想着，就笑了。

一天，村里来了个卖棉花糖的。"叮咚叮咚"的货郎鼓声很好听，也很诱人，很多妈妈都去买了棉花糖，给她们的孩子吃。二姨也买了，但是只买了一串，给了小表哥。小丫也想买，但摸摸口袋，没有一分钱；小丫也想吃，但没人买给她吃。二姨不是妈妈。小丫知道。

小丫就冲卖棉花糖的喊一声："妈妈。"

卖棉花糖的是个女人，她听到有人喊"妈妈"，便停下忙碌的手看看小丫，递过一串棉花糖。小丫摇摇头，没有伸手去接。小丫记得奶奶的话，不能随便吃别人的东西。

这以后，小丫就天天跑到麦地边，一次次地对着远方喊"妈妈"。小丫想，自己一定要记得喊"妈妈"，等妈妈回来了，自己就会知道怎么喊。一天，小丫照例来到麦地边喊"妈妈"。喊着喊着，小丫就看到

挑着棉花糖的妈妈从麦地那边来了。

挑着棉花糖的妈妈说："我的乖小丫，妈妈想得你好苦，跟妈妈走吧。"

小丫就跟着卖棉花糖的妈妈走了。小丫走了，二姨似乎忘记了有小丫这个人。二姨心慌的时候，是年关时收到小丫爸爸寄来的一大笔生活费。二姨拿着钱的时候，心里很难受。她才真正地想，小丫去哪儿了？怎么向他交代？可是，二姨想破脑壳也想不起小丫是几时离开的。

不过，二姨的心慌也没持续多久，因为小丫爸爸在回家过年的路上出了车祸，他再也不能回来，更不可能给小丫找回妈妈。二姨还意外地发了笔财，是公共汽车公司赔偿给小丫爸爸的丧葬费，他只有二姨这么一个亲人。

又一个春天到了，麦地依旧松软，风依旧一阵阵吹，麦浪依旧起伏着……

第四辑

朱

砂

扶 贫 干 部

畛河的水活蹦乱跳，迂回曲折。沿河两岸的一排排鱼池整齐规划。老武的眼光铺得好阔，从这头望到那头，来来回回的，一脸的皱褶落在水里，溅起一朵朵欢笑的水花。鱼塘里的锦鲤、青鲩很应景，看到老武好心情，它们也时而东时而西地游动。鱼塘也动起心思，水面泛起一圈一圈的涟漪，然后扩散。

隔老远，儿子小武的声音如同高音喇叭一样传来："爹，爹，我回来了。"

看到小武满头大汗的笑模样，老武一颗悬着的心落了地。老武问，小武，鱼的行情咋样？

爹，好极了，您看这天还是后半晌，我不就回来了。

老武本来一肚子担心，现在找到缺口，排出体外。自从两年前杨书记来到村里进行脱贫致富帮扶，村里就变了几个样。杨书记的到来，让村民们的鱼池有了规范，一排排整整齐齐，灌溉的沟渠在鱼池间来往穿梭，清澈的水就像一条条青龙在游动。

村民们笑了。

老武记得杨书记两年前来的那天，正是春雨绵绵的时候，屋外打禾场响起汽车喇叭声，他打开房门一看不认识。老武还未开口，村主任从驾驶室里钻出。村主任正要开口说话，来人摆了摆手自我介绍，老武，我是老杨，是从县里来帮扶的。

老武看了一眼，再看一眼，这才认出来了，这不就是十多年前来这里搞脱贫攻坚的小杨吗？几年不见，这么老了？老武记得，那时候，小杨是渑池县团委书记，来柳庄村扶贫。小杨第一次召开群众大会，他说想了解一下村民缺什么，急需什么。

村民大会上，大家七嘴八舌，观点难以统一。老武是村民组长。老武站起来说话了，小杨书记，现在让俺们讨论也讨论不出啥，不如这样吧，俺柳庄村红薯多，村民吃多了反胃，现在我提出两个要求，一是给我们供应一些大米或者面粉，改善一下我们的伙食；二是给我们一些稻谷种子和抽水机械设备，我们将旱田改成水田，大家说好不好？"

村民听了，一致说："好！"

小杨书记与村干部嘀咕了几句，就对村民说："好，我今晚就回去，将各位乡亲的要求向县政府和扶贫办反映，几天后，一定给大家一个满意的答复。"

几天后，两辆大卡车开进了村里，车上满载粮食。小杨站在车上，对村民说："乡亲们，县政府让我把大米给大家送来了，种子和抽水机械过几日就到，大家来分米吧。"

有人就嘀咕开了，不高兴地说："我们知道，你和上头签订了脱贫军令状，到期完不成目标，上面会拿你开刀。这大米，你给我搬家里去吧。"

村干部一听就想发火，小杨摆摆手说："好，我就按户头人口送到大家家里。"

小杨和村干部几人忙碌一天，将大米送到每一个村民家里。

当晚，小杨在村委会上将这件事拿出来与大家讨论，他说，扶贫当扶"志"，治贫先治"愚"，要让村民看到出路和希望……

经过几天的了解与调研，小杨就做出了一个决定，支持大家发展养鱼业。柳庄村有条河叫畛河，河水清澈微甜，从村旁流过，适合养鱼。这是得天独厚的资源。可是，小杨的蓝图大业尚未落实，就被调走了，临走前，只得将自己的发展计划交给了村干部。

十多年后，小杨书记又被组织调回渑池，任县委书记，他也由小杨书记变成老杨书记。他记挂着柳庄村，看到七零八落、毫不规范的鱼池，十分痛心。他亲自联系鱼苗、指导鱼池改建、教村民怎样养鱼。这不，

孤独如花

才两年时间，成绩出来了。

"爹，您咋啦？今天我送鱼去城里，遇上福星了，广东来的，价格比往年高了一截，还说让我告诉大家，别急着打鱼，过几天会来与我们签订合同，收购我们的鱼。这下子，我们养的鱼就不用担心销路了。"

"真的，小武？"

"当然是真的，爹，鱼商还告诉我，他们说是杨书记知道广东、香港对我们这里的淡水鱼需求量很大，亲自去洽谈的。"

杨书记？老武想起十多年前那件事，古铜色的脸上泅起了红潮，眼睛潮湿："孩子，俺们对不起杨书记，他为了我们脱贫致富是没少受苦没少受罪，得送几条鲜鱼给他，让他煮碗鱼汤尝尝鲜。"

"爹，不成不成，我们去年中秋起网送过，他怎么也不收，给退回来了。过年送给他的，他一文不少地付钱，现在不过年不过节的，估计更不会收。"

"这也不成，那也不成，那你小子有啥办法，送啥呢？吃水不忘挖井人，怎样也得表达一下心意！"

"爹，您就放心吧，俺自有妙计。"武子边说边掏出手机，一阵拨弄后说，"爹，成了！"

可是，几天后，父子俩傻眼了。

这天，村支书来了，从提包里拿出一个信封放在老武手里说："老武，你就别再给杨书记添乱了，他忙着呢？你给他充了两百元话费，让他花了几天时间去查是谁做的好事。这里是他给的一千元，他说多余部分是给你带头脱贫致富的奖励，更是他的一点心意。"

环卫工人

　　岭南的秋天，天气晴朗得惊人，阳光白里透黄，像个琉璃罩子，将大地紧紧罩住。中午，在人们吃饭的时候，她准时到来，瘦小的身材被一套橙灰色的工作服裹住，白皙的脸上析出细细的汗滴，如同珍珠挂在上面，一幅很天然的装饰品。身体向前呈45度倾斜，两只手扶住车把，在她后面是一辆垃圾车，车把上绑着一张折叠小板凳，车斗里有扫把等工具。垃圾车被她分成两部分，一部分是不可回收垃圾，另一部分是可回收垃圾。

　　到了我们公司门前，她微笑一下，将我公司摆在门口的垃圾箱里的垃圾分类，再分别放进垃圾车。做好这一切，她再笑一笑，然后拉着车走了。我记得很清楚，她是最近才来的，每天来扫两次街，收两次垃圾，是中午十二点和下午五点半。午饭（她的午饭是一碗泡面）就在我们公司前面不远处的树下吃。她张开小板凳，然后来我们公司要些热水，泡好面，坐板凳上面吃。她吃的样子，很安静，很享受，仿佛吃着珍稀佳肴。

　　一天，我见她没有来要水泡面，就问前台文员。文员说，经理吩咐不给她。我问为什么？文员解释说环卫所要收垃圾费，一个门面半年60元，我们公司10个门面，得缴纳600元。经理说，现在这项费用政府部门没有明文规定缴纳，公司效益不景气，能省则省。

　　我瞥了一眼说："缴费与这有关吗？"文员说："谢科，是这样的，经理说我们公司是纳税单位，缴纳卫生费就是二次缴费，不合理。环卫所承包者见我们没交钱，居然将门前放置的卫生垃圾箱撤走了。经理很生气，说我们公司的矿泉水8元一桶，以后不给环卫所的工人喝。"

　　我这才看清，门前放置的垃圾箱不见了，取代的是公司放在那的一

环卫工人

个塑料筐。我出差几天，就闹出这样的事，公司今年的效益确实不好，但不少这几个钱，经理是我的顶头上司，他的决定我无可辩驳。但我觉得经理太过分，遂吩咐文员，以后环卫工人来喝水，一定得给。

文员说："谢科，这……"我脸一沉说："很为难吗？"文员支支吾吾，说这是经理的吩咐。我有些恼火，我一个主管公司业务的科长，连这点主都做不了，以后怎么在公司混？我说，几杯水就将公司喝穷了？以后就说是我吩咐的。

我的能力明摆着，经理也得让我三分。

晚上五点半，正是下班的时候，我看到她来了，就拿了个水杯，装了杯水递过去。她看了我一眼，笑了一下说不渴。我说扫了这么长的街道，哪有不口渴的。她还是笑着说不渴。我坚持说，喝吧，没事的。她忽然就有了火气，说看你这人是个读书人，这样啰唆，哪有强迫人喝水的？我说，我是好心啊。她咕噜一句，转身走了。

我听明白她咕噜的是缴纳卫生费的事，这话如针扎在我心里，但我不能代公司缴纳，如果行，宁愿缴了这笔费用。我一脸尴尬。这时经理出来了，拍了拍我的肩膀说，小谢呐，这人呐，别以为你乐善好施，别人就接受，有钱无处用，去红十字会捐赠得了。我听出经理话里有刺，更增了怨气，懒得管了。但看着她那瘦小的身材和挂在脸上的汗滴，我的心还是一阵阵不舒服。

一年后，我来到"两德"合作区一家大公司，被聘为经理。我要做的第一件事就是在公司大厅放置一台饮水机，供过往的环卫工人饮用。女朋友知道后抱着我亲，很赞赏我的做法。

与女朋友交往一年，她坚持要我去见她父母。我也巴不得早日得到未来岳父母的认可。我拾掇一番，干干净净的，又在镜子前照来照去，觉得绝对感觉良好，才跟着女友走。到了女友家，一下子愣住了，那个环卫工人竟然在厨房里忙碌着，是女友的母亲。

我偷偷问女友，妈妈不是街道办主任吗？女友伸出兰花指戳我额头，呆子，街道办主任咋了，就不能扫大街？

原来，近几年环卫工人越来越少人应聘，准岳母退休后就主动承包了几条街的卫生。

吃饭的时候，准岳母看出我的疑惑，微笑着对我说，傻孩子，那次我不喝你递上来的水，是担心你人年轻，火气冲，与经理发生矛盾，以后在公司难相处。那些瘆人的话，我是为了你好才硬着心肠说的。

补皮鞋的女人

一天早上，女人坐在我公司大门前面的大榕树下，面前摆一口木箱，木箱的一端有鞋油、水瓶和鞋刷等擦鞋工具，旁边摆着一高一矮两把塑胶凳子。她的眼睛温柔地看着过往的行人。

我出门有事，看看鞋有些灰尘，就走过去坐在凳子上。

女人看我一眼。我连忙伸出脚，搭在另一把凳子上。女人不说话，就伸手洗刷、上油、擦拭、过腊。我看女人有些面熟，无话找话问："你以前不擦鞋吧？"女人笑了一下，脸上有春风拂过："是的，这几天才开始。"

"好像以前在城西，你给我补过鞋。"

"老板好记性，你帮我买过彩票，中过几百元呢。"女人又展齿一笑，一口羊脂牙，煞是好看。

我这才想起女人以前是在城西摆补鞋摊子的。那次，我路过城西，刚好皮鞋坏了，就走到她的摊前。我平时没什么嗜好，但喜欢买几注彩票。那天，我趁补鞋的空隙，打电话给我那个开彩票投注站的朋友买几注彩票。

忽然女人央求说，麻烦我给她买几注彩票。

没等我搭话，女人又说，看得出你是读书人，帮我买份 10 元的复式投注，号码由你定。

我就将自己买的彩票号码又给女人买一份，第二天中午抽时间给她送去。还别说，我买了很多年彩票，最多中 5 元，那次，我幸运地中了几百元的奖。

这都是三年前的事了。女人说很感谢我，那是她唯一的一次大奖。

她又说，读书人就是读书人，选的号码就是有运气。

我笑了一下，问："怎么不补鞋了？看你生意还不错的。"

女人的嘴角向两边扯动了一下，算是笑。她说："以前生意是可以，可是后来就不景气了，大家穿的鞋没破的都扔，谁还穿补过的鞋。"

我"哦"了一声，想想也对。现在人们的生活水平提高了很多。女人一边给我擦鞋一边说："很感谢你！"我说："我也感谢你，是你带给我运气，我也中了奖。"女人说："你还买吗？"我说："买。"女人说："我想请你给我买10元钱的复式彩票，号码你定。"我说："好。"就掏出手机给投注站的朋友打电话下单。

女人说她也坚持买，其间中断过半年，那半年是回老家去照顾她住院的母亲。女人说她很感谢福利彩票，平时用余钱买几注，能帮助到许许多多需要帮助的人。好比她的母亲前几年得了胃癌，就是获得了福利基金会的赞助，不然大笔医疗费用她无法承担。

后来，女人常常在我公司前面的大榕树下擦鞋，也能挣几十元钱，我暗地里让公司同事去帮衬她。当然，她买彩票的活我也承包了。有时候，也能中个几十元。女人说要请我吃饭，说是我带给她运气。我笑笑说："哪能呢？是福利彩票让我们悟到生活中的惊喜。"

有一次，我忍不住问："你咋不找个固定的工作？愿不愿来我公司上班？"女人感激地说："老板，不是我不愿意找固定的工作，是我母亲有病，我得服侍她，在公司上班时间不允许。这擦鞋虽然收入不定时，但时间上很自由。"

转眼到了冬天，我照常给她买了彩票，照常第二天上班带来给她，可是那天，大榕树下没她的身影。两天后开奖，我俩一起中了大奖，600多万。我将她的彩票藏好，去领了自己的。可是足足等了29天，她也没来，我只好在第30天去代领了，将钱存在一张银行卡里。后来，公司搬迁，我再也没看到她。我只好每个周末来原公司位置等她。

这样，半年后的一个周末，我坐在大榕树下昏昏欲睡。忽然一个熟悉的声音将我从瞌睡中拉扯出来，定睛一看，是她，人消瘦了很多。她说，对不起，那晚接到母亲病重的消息走得急，没告诉你，连彩票钱也忘记付给你。她又说，花完家中积蓄，母亲还是去世了，男人也与她离了婚。前天才回来，又不见了我们公司，幸好今天终于遇到我。说着，她从身上摸出 10 元钱递过来。

我连忙推回她的手，从身上拿出银行卡，说："这是你的，那次我给你买的号码中了 600 多万，除去个人所得税，还有近 500 万在这银行卡里。我们去银行办理转存手续。"

女人一下子惊呆了，喃喃着："妈，我有钱了，妈，我有钱了……"

后来，女人说钱留着也没啥用，得给予更需要它的人。她让我陪着去基金会捐出 300 万。

大　哥

　　我调到市政府文明办，每次上班，看到一个与众不同的现象。大哥上班，只要走到市政府大楼的大门，保安郭斌便"啪"的一声，双脚并拢，身体笔直，挺腰收腹，昂起头，右手举起，行了一个标准的军礼。大哥连忙也身体笔直，挺腰收腹，昂起头，右手举起，还了一个标准的军礼。

　　郭斌连忙说："首长，你别这样，我受不起！"大哥说："必须的，哪有首长不还礼的？"

　　郭斌也就作罢，行注目礼，直到他走进了市政府大门。

　　大哥姓名叫郑武，是转业军人，只有一个宝贝女儿。在我们市文明办，大哥年纪最大，人也正直豪爽。转业前是上校，转业后是市政府文明办副巡视员，没有一点架子，我们谁有点困难，只要他知晓，都会尽力帮助，像大哥一样亲切，也时不时在我们单位微信群里发红包。自然，我们这些小字辈就称呼他大哥。转业后的大哥也坐如钟，站如松，行如风，一丝不苟，还是标准的军人本色。

　　郭斌是保安，复员前是特种兵连级文书。郭斌一米七八的个头，模样英俊，是那种秀气的英俊。虽然复员了，在市政府大楼门前做保安，但见到谁依旧会行一个标准的军礼，加上一个腼腆的微笑。

　　很多人看过"从奴隶到将军"的电影，大哥虽然没有当上将军也没有做过奴隶，但是个标准的旅级上校干部。他从七岁放牛，高中毕业后当过民办老师，又赶在对越反击战前参军，坚守过老山猫耳洞。所以，大家都知道他吃过许多苦，是通过摸爬滚打、真刀真枪，凭着自己过硬的军人特质一步一步升到这个职位的。一次，我笑着对大哥说："英雄莫问出处，富贵当思缘由。"大哥连忙笑着纠正，我不是英雄，我是个

军人。

一天晚上，下班后的郭斌请我吃饭。这小子无事不登三宝殿，请我吃饭，肯定是有所求。现在，单位领导一而再再而三地强调不许请吃请喝。我看了看他真诚的样子，但还是一口拒绝。我说："无功不受禄，无故请吃，必有隐情。"郭斌赔笑说："砌哥，哪有什么隐情？就是看到你平日里对我好，才想回报一次。"我想了想，自己平时没对他有什么照顾，只不过每次见到他都礼貌地打个招呼。我说："没怎么照顾你呀？"他说："砌哥，你就答应吧，如果担心出问题，我们就去大排档吃，标准的40元一个人，绝不超过这个数。"

他这样说，我就不好意思拒绝，答应了："我们不去吃饭，吃夜宵吧，去吃砂锅粥。"

"好运来砂锅粥"虽然是大排档，但店面干净整洁，几排紫色圆桌整齐排开，和服务员一起露出笑脸。我俩刚落座，服务员就来给我们点菜。郭斌说来锅大的，加个青菜，一瓶苹果醋。我连忙说："大锅吃不完，来锅小的。"郭斌看了看我，说："就依砌哥。"

服务员很快送来砂锅粥，我们边吃边聊。郭斌说他当兵时与大哥是一个部队的，他是大哥的兵。我说："难怪大哥每次见到你都会行军礼。""不是的，大哥有部队情结，只要是见到当过兵的都会行军礼。"他说。

在与郭斌的聊天中，我知道了大哥一些不为人知的秘密。

原来，大哥在部队里一直保持军人本色，也不愿意转业，但是，他的痛风症发作起来，痛得他忍不住。部队里官兵一致，晨起早操，晚上夜课，一样也不能落下，大哥的痛风症拖了他的后腿。首长亲自给他做工作，他才不得不忍痛割爱，离开了自己心爱的部队和他的兵。

听完郭斌的叙述，我不由得对大哥的敬意又增加了一层。

我们吃完夜宵，聊了一会儿，说再见的时候，郭斌从身旁拿出一个纸盒说："砌哥，我有份礼物不好意思送给大哥，这个麻烦你帮助我转送一下。"

我听了，变了颜色，难怪古语说得好，"无事献殷勤，非奸即盗"，原来请我吃饭是想我帮助送礼，这不是陷我于不义吗？领导三令五申，不许请吃送礼，你郭斌顶风犯案，还想拉我下水。我断然拒绝，拂袖而去，给他留下一个背影。

到了周末，郭斌用微信给我发了一条信息，说有重大的事情向我报告。我说："我不是你的领导，又不是管理治安方面的，有事情应该向你的保安科长报告或者向管理治安的市政府领导报告。"郭斌说："此事事关重大，有关大哥的事。"前几天的事像影子一样挥之不去，我说："你又整什么'幺蛾子'，有关大哥的事，我更不去。"郭斌说："好，那出了事儿可别怪我，我是职责所然。"

我一听感到事态很严重，如果大哥真的犯了事儿，我却置之不理，这就枉他平时对我们好了，再说，他那么正直的人不可能犯什么错误。转而又一想，人不可貌相，若真的犯错误，我该怎么办。我决定见郭斌。

郭斌约我来到公园一处无人的地方。他说："我发现大哥每天中午上洗手间。"我说："这有什么奇怪？""问题是他还夹着文件袋，更加让人起疑的是文件袋鼓鼓囊囊的。""这也不用奇怪。""如果是行贿受贿的赃款，或者是偷卖政府的机密文件又该如何？"

郭斌这句问话，我一听，即刻冒汗了，感到事态的严重性。我说："你暂时别声张，更不要告诉第三人，让我来处理。"

第二天下班前，我找到大哥去喝夜茶，席间，聊了一会儿，我话锋一转，直接问："大哥每天中午上洗手间拿个文件袋，里面装的是什么？"大哥军人出身，不喜欢转弯抹角说话的人，因此，我就单刀直入地问。大哥听了，一愣，很快就笑了，说："这事你小子咋知道的，我告诉你可得为我保密。我有痛风症，蹲厕所要用砖头垫住脚后跟，痛才轻很多，以前放了两块砖头在厕所里，总是被人拿走，后来，我干脆放文件袋里带着。"

原来如此！我望着大哥，一脸敬意。

这时，郭斌进来了，手里捧着一个纸盒，脸像灯笼一样红。他说：

"那我送给您的增高鞋怎么一而再地不收？"大哥说："那是你的新发明，我哪能接受，再说，付钱你又不要？""我是请您给我做临床试验，是我该付款给您做代言费才对！""我说不行就不行，我以前是军人，现在是公务员，怎能知法犯法？不收钱，就不要。"

这时，门口一闪，进来一个女孩——大哥的宝贝女儿。她抱着大哥的脖子说，爸："那你女儿的男朋友孝敬给您的也不能要吗？您常常说，让我嫁给一个有才有貌的青年才俊，郭斌听到这话后，就一直不敢公开我们的恋情。现在，他有了这份'小发明'，是不是有才又有貌呢？"

看着他一家一团和气，我心里骂道："郭斌，你这小子，耍起我来了。"不过，到了晚上，手机收到郭斌发来的一条微信：砌哥，对不起，到那天，多敬你一杯！我回过去一条信息：你小子，要多敬大哥才对！

如 是

"阿宝快餐店"开张了，地段是跛脚阿宝精心选择的，靠近建筑工地。来这里吃饭的多是建筑工人，他们一身泥一身灰，去酒店或者大排档不受人待见。"阿宝快餐店"像春天的芽一样从地里钻出来，正好解决了他们的吃饭问题。

阿宝炒的菜适合大家的口味，盐油味够足，更有从老家收购来的红辣椒，有家乡的味道，大家吃了有劲对付钢筋水泥玉石块。快餐店生意红火，阿宝的收入比在建筑工地时翻番，就有了新的期盼，扩租了两个门面。

这个秋天，店里来了个食客，身高一米八，穿着中山服，眉毛像板刷，一根根地直立着，阿宝矮，要仰着头看。食客要了两个菜，一边吃一边与阿宝唠嗑："老板，这菜贼辣。"阿宝说："老板不喜欢辣吗？那我给你炒个不辣的。"

"辣得够劲，很够味，好吃！"食客摆摆手，又伸出大拇指称赞，尽管他辣得出汗，呵着气。

"您慢慢吃，这辣椒虽然辣，但够香，吃到肚里，浑身就有力气，劲使不完。"阿宝连忙给他的杯添满茶水，还握紧拳头，举起胳膊，上下晃动。

食客笑着说："老板很打趣，我叫牛起，就叫我阿起得了，你这饭好菜更好，以后我就把这里当我的家了。"此后，牛起真的隔三岔五地来吃，与阿宝攀谈，从英国首相选举、美国总统选举到台湾议员那啥的都谈，有时候话头像风一样转个向。牛起问阿宝的菜是哪里买的，怎样蒸煮烹炸。阿宝与牛起好到连一张纸的距离也没有，每每有问必答。

时间到了第二年春天，阿宝的生意渐渐地淡了起来，夫妻俩闲下来了，买的食材放冰箱里几天后就不新鲜，吃不完就得扔掉，如此反复，阿宝想这不是事儿。一天，他拽住一个亲戚问："大家怎么都不来吃饭了，是不是吃腻了？"亲戚说："不是。"阿宝递上一支烟赔着笑脸说："还是亲戚好，不是亲戚不会来。"

亲戚接过烟说："我扯不断老表这两个字。"阿宝又问："那大家怎么都不来了？"亲戚说："唉，还是告诉你吧，那边早就开了一家牛二碗快餐店，味道与你一样的够劲够辣够香，大家都去那了。"阿宝连忙又递上一支烟问："什么牛二碗？"亲戚摆摆手说："就是炒一个菜可以免费吃两碗饭。"

亲戚走了，阿宝怔忡了一会儿，心里头翻江倒海，心想这样下去不是事儿，得想办法。阿宝想啊想，终于想出一个门道。第二天，"阿宝快餐店"的招牌下面贴着一张醒目的红纸黑字，上面写着一行大字"本快餐店免费吃饭"。

很快，不仅走了的人都回来了，还带来了一些新面孔。每天，那几张饭桌闲不下来，被一拨一拨的人围住吃饭，生意比之前更红火。但一个月后，阿宝算账时发现一个问题，表面上看生意好得不得了，却是亏本。阿宝心急，一时没考虑周到。

原来，建筑工人做的是人事，出的是牛力，一餐没个四碗五碗饭，哪里够饱？阿宝买的又是上等的米。阿宝以前也是爬脚手架的，只是一次不慎从脚手架上栽下来，命是保住了，但那条右脚永远恢复不了原样，走路成了"七七八八"。建筑老板人不错，眉头未皱一下，除了医疗费、误工费、营养费全报销，还赔了二十万。

二十万在阿宝那个小山村现在也不算啥钱，老人要赡养，孩子要抚养，阿宝不能坐吃山空，不能坐着干耗，不然下半辈子怎么过？只好让老婆阿香撇下孩子和父母，来这城市开个快餐店。现在亏本，咋办？阿宝的头膨胀得如箩筐一样大。

十几天后，"阿宝快餐店"招牌下面的醒目红纸黑字换了面目，"本店除了免费二碗饭外，赠吃特制小吃一碟"。大家一看，虽然免费饭少了，但多了一碟小吃，且很美味，吃了又想吃，就没人去想那饭的问题，如此，阿宝又转亏为盈。

一个中午，来了一个熟悉的人影，谁？是牛起。他点了两个菜，但没尝几口，倒是对小吃很感兴趣，慢慢地品。阿宝一如以前那般热情，一样的笑脸。但牛起看得出阿宝的笑脸里有冷气凝聚。牛起什么也没问。他是个聪明人，自己偷了一次师，不可能再偷到第二次。

此后好久，牛起再也没有来。阿宝得意了，一天心血来潮，想去"牛二碗快餐店"看看。阿宝走进"牛二碗快餐店"时是中午，这正是饭店一天最旺的时段，可这店里门可罗雀，只有不多的几个客人在用餐。说真的，这个店干净、明亮、整洁，比阿宝的快餐店高档。前台坐着一个老人家，问过才知道是牛起的娘。她告诉阿宝，儿媳妇两年前得病一直在住院，儿子刚刚去医院送饭还没回。

阿宝一怔，两年前，不正是牛起到自己店里问东问西的时候。阿宝想起自己跌断腿时的困境，眼睛发酸。当晚，阿宝骑上电动车，将剩下的几坛秘制小吃给牛起送去，并说，吃完了再送。牛起这个一米八的汉子，顿时眼睛湿润，一下跪在阿宝面前，泣不成声，直说对不起！

阿宝的眼睛也湿漉漉的，连忙伸手扶起牛起说："兄弟，谁都有跨不过去的坎。"其实，阿宝还有一件事没说，他的快餐店被城市规划了，几个月后要拆除。他想自己现在手里有了点钱，回老家去开店。

阿宝拿到合同赔偿款那天，准备骑电动车去火车站买票回家。这时，一个高大的身影堵在前面，是牛起。他一把抱着阿宝说："哥别回去，这里虽然竞争激烈，但远比你的老家要好，我们一起经营吧，将老人孩子接来，开个分店。你看，现在城西也在搞城市规划，工地多，工人也多，开家分店没问题。"

事急马行田

这两天有点冷，老钱此刻的心情就像这天气一样降到了冰点。原本获得过江城市象棋比赛冠军的他，见到别人南下淘金挣得盆满钵满的，便也辞去单位不冷不热的工作，南下闯荡，但时至今日，他却很沮丧地踟蹰在江城街头，兜里穷得只剩五根手指和一副象棋。

看到象棋，老钱就来气，一挥手，将象棋扔到路旁的绿化带里。不一会儿，一个人追上来，边递上象棋边好意提醒，先生，乱扔垃圾，会被罚款的。

老钱很窝火，但看到对方一脸笑意，只得悻悻地接过象棋放在裤袋里，言不由衷地说："谢谢！"

这是一副精致的牛角袖珍象棋，但包装简陋到吝啬，棋子无精打采地缩在一个白色塑料袋里，正如此时它的主人。老钱看着讨厌，但另一个人看着却很欢喜——他就是这个好心人。

老钱看到对方眼里燃烧着灼灼光焰，知道是个酷爱下象棋的，正中下怀，心思活动开，中午的饭票就着落在他身上。正在老钱思忖着如何赢他个十块八块买个盒饭时，对方像条鱼主动上钩。他说："可以赏个脸杀几盘？中午饭我请。"

老钱心里一乐，想瞌睡就有人送枕头，也不客套，欣然应允。

那人自我介绍说叫钱鑫钿。老钱也做了自我介绍。钱鑫钿欣喜地说："搁五百年前我俩是一个祖宗。"老钱也笑说："那是，缘分哪。"两人便以兄弟相称。钱鑫钿说："看样子哥是在找工作，这事好办，交给我。"老钱问："你咋知道的？"钱鑫钿说："一看就知道。"老钱感激地说："谢谢兄弟关照。"

原来，两个月前，老钱在棋盘上得罪了上司老总，一怒之下愤而辞职，可直到现在也没找到合适的工作，便想在街头摆棋摊赚些日常费用，但街上不让乱摆摊，他便无法开盘，生活便一直没有着落。

两人走进就近的一间酒店，点了几个菜，边喝酒边聊象棋，从胡荣华、柳大华、许银川到去年的"90后"新棋王郑惟桐等特级大师如数家珍，真个是"酒逢知己饮，诗向会人吟"。两人喝着说着，说着喝着，话里冒着酒气。老钱想起老总那盛气凌人的样子，愤愤不平道，好兄弟，我就说句不好听的，江城人喝酒不咋的，棋德更不咋的，好比我那个上司老总，臭棋篓子一个，还死不认输。

酒后的老钱嘴巴没闸，想到哪说到哪。

钱鑫钿这时也喝多了，说话不利索，更忘了带过滤器。他听了这话，心里有些不爽，话说不看僧面看佛面，我也是江城人，你这不是一耙子耙倒一城人。于是，他不悦地说："哥，你的棋艺高超，谁看见过？不会是吹的吧。"

"谁说俺吹，俺可是得过几届市冠军的。"

"哥还真吹、吹得像真的，你得过象棋冠军？是乡镇比赛吧，我还得过全国冠军，打败过吕钦、许银川呢。"

刚才还称兄道弟的两人，就着酒劲说出的话就像决堤的洪水收不住。于是，老钱一激动从裤兜里掏出那副精致的象棋"啪啪啪"地摆在桌面上要见分晓。谁怕谁？钱鑫钿梗着脖子。

于是，干戈玉帛成金戈铁马。杀到酣处，钱鑫钿得意地大笑着说："哈哈，马挂士角将军，哥，你——输——了！"

蹩脚马跳不了。老钱一看，不干。钱鑫钿嘴一撇，不屑地说："哥，你就有点死脑筋，你看现在是啥年代，许多时候，马蹩了脚也能跳！"

老钱怔住，忽然想起老总赢自己的那招卧槽马也是蹩脚马，咋两人下棋说话如出一辙。

"兄弟，你这不是明着欺负人？"

钱鑫钿笑道："哥，你忘了，事急马行田。"

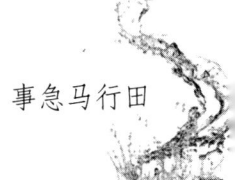

事急马行田……老钱愣住了。

"哥，实话告诉你吧，我就是你以前那个公司老总的表弟，这是你的厂牌和辞职书，表哥一直压在手里，今天巧遇你，其实，是我表哥让我来请你回去的。钱鑫钿微笑着伸手从身后拿过一个黑色皮包，拉开拉链，从里面取出一张厂牌和一张纸，递到老钱面前。表哥还说，质检部是公司的重要部门，他一直在寻找合适的负责人，你办事认真、性格耿直、宁折不弯，决定调你做质检部经理……"

老钱想了想，缓缓地将象棋收了起来，放在裤袋里。钱鑫钿一把拉住老钱说："哥，我表哥还有话对你说。"他边说边从衣袋里拿出一个信封递给老钱。老钱缓缓接过，拆开一看，上面有一行字：老钱，对不起！

特殊安全奖

老吴盯着机台上的钢板，心情比钢板还沉重。早上吃早餐时，老吴还是乐呵呵的。他计算了一下，这个月工资应该有近七千元，除去自己留下三百元的生活费用外，其余的都寄给留在老家的老婆淑莲。前几天，淑莲来电话提起过，妈妈今年七十岁，人生七十古来稀，得好好办个寿诞，庆祝一下。

老吴想，这么多年，所有精力放在两个孩子身上，忽略了老人，岳母今年七十大寿，是得好好庆祝一下，让老人家高兴高兴。

老吴是轧钢车间主管，也亲自操作机台，这工作不复杂，但是得小心谨慎，每天上班前调好机器，将一块块钢板按研发部门设计出的图纸砸出几个圆孔。工序虽简单，可是担责很大，如果机器调制得有些偏差，那这块钢板就报废了，现在的钢材价格像山洪水一样看涨；还有机器螺丝要拧紧，不然会危及操作工的人身安全。不过，十几年来，老吴的工作失误率是零。

老吴刚进公司的时候是安全管理工。那时，他近一米八的个头，复员军人，在部队是消防兵。老吴家在农村，复员时没有工作，结婚生孩子，守着几亩薄田薄山过日子。可是，孩子大了，用钱的地方就多，日子捉襟见肘。老吴想起自己的班长在南方一家大公司做保安队长，就南下了。

老吴来到这家公司，可是，班长却因事回老家。老吴蒙了，看着一排排工厂，想不出其他办法，急得在烈日下来来回回地走。

"老乡，咋啦？"

老吴抬头一看，问话的是个穿着蓝色工作服的人。老吴擦了擦眼睛，

说了自己的情况。

"我公司缺个安全员，你既然是消防兵，愿意来我公司吗？"

"愿意。"老吴满口答应。

他掏出一张名片递过来，说："拿着去找人事部经理。"老吴接过名片一看，原来是斜对面的一家机械公司的总经理。

第二天面试，总经理亲自坐镇，对于消防知识，老吴一条一条地如数家珍。但进车间考核现场开展消防管理测试时，老吴在车间门口，看着总经理说："请您回去换鞋。"

"我？"总经理脸色有些发窘，继而霜凝结在脸上。

"安全管理条例规定，任何人都得戴安全帽和不准穿拖鞋进车间。"

"噢，我喜欢穿拖鞋，随意，这没什么不妥。"

"总经理，我是安全员，您必须听我的，我按安全条例执行。"

"噢，县官不如现管。"总经理笑着说。

老吴的安检工作做得很好。一次，轧钢车间出事故，总经理找到老吴，说调他去做车间主管。总经理还嘱咐："轧钢车间工作繁重，但是，一样需要安全生产，不过，我相信你。"

老吴说："总经理放心，我保证零事故。"

尽管是车间主管，老吴坚持操作一台机器。他说："模范工作要做好，其他员工才会更努力。"

可是，今天淑莲发来的一条信息打乱了老吴的节奏，岳母得了急性脑溢血，需要大笔钱住院。老吴三魂丢了两魂。

下午上班前，总经理突然出现在轧钢车间，搞安全生产检查。老吴是模范，安全生产示范由他操作。老吴打起精神，从工具箱里拿出几把扳手，说："别看机器工作程序简单，但是，操作很重要，这不是一天一个月或者一年的事，这是关系到人身安全、车间安全，还有公司安全的问题，公司零事故，才能令公司的声誉、效益和质量都有好的口碑……"

下晚班的时候，总经理将老吴叫到办公室。看着总经理严肃的表情，老吴心里"砰"的一声像钢板跌在水泥地上。

"安全生产，容不得带上情绪，家里有困难可以找公司。"总经理的话像是从钢板里蹦出来的，又冷又硬。

一会儿后，总经理将办公桌上一个大信封推到老吴面前，缓和了语气说："你还记得不？你刚进厂面试时，我穿拖鞋去车间是有意试探你的，我也没看走眼，十几年来，你兢兢业业，工作负责。今天中午，有员工反映说你岳母病了，需要钱治疗，你像丢失魂魄似的。下午的检查，是我对你的提醒，这里是十万元钱和你回家的火车票，你拿去。还有，公司批你一个月假期。"

那个晚上，公司很多员工听到总经理办公室里传出老吴狼一样的哭声。月底公司大会上，总经理宣布，公司设立特殊安全奖。

孤独如花

桐 树 沟

桐树沟村停着如同列兵一样的汽车，村民们的笑颜注满了秋天的沟沟壑壑，在阳光的照耀下如金子一般美。大家乐呵呵地将红薯打包、装筐、过秤，抬上汽车。古铜色的脸膛与紫红色的红薯组合成一幅幅唯美的乡村丰收图。看得出，这是一个红薯丰收年，根据今年的行情，每亩产值达万元不成问题。

农业专家黄平站在路旁，面现恋恋不舍之情，因为他要返回省农学院去。他想起三年前回到村里的情景。

那时，他是接到老同学仇绍林的电话回来的。仇绍林说："老同学，还记得老家桐树沟不？这里土肥水美，山绿得没有边，天蓝得没有顶，随便望一眼都是好风景。"

桐树沟？黄平怎么不记得，那是他的老家，是渑池县出了名的穷村子，难道老家已经改头换面？俗话说，不想亲人念故乡。黄平自父母去世后确实好多年没有回过老家，现在给仇绍林这么一描述，倒勾起了他的思乡情结。

但黄平回到老家桐树沟后看到的与仇绍林描述的有天壤之别。映入眼帘的是一大片荒芜的田园，荒草有一搭没一搭地齐聚在田里，扭着腰肢，交头接耳。他很恼火，找到仇绍林的家，一脚踹开房门。

仇绍林正在厨房炒菜，客厅正中的桌子上也摆了几个盘，上面扣着碗，正中一个海汤碗，里面是一只冒着热气的香味浓郁的土煲鸡。这家伙今天还有心思请客，黄平压住心里的火，毫不客气地质问："你这唱的哪一出，还有心思请客？你这个村委会主任怎么当的？"

仇绍林头也不抬地说："老同学，民以食为天，有话好好说，谁说农民就不能请客了？我请的可是贵客啊，值得请值得请。"

说着话，仇绍林将糖醋焖红薯装到碗里，端上桌，再一一将扣在盘上的碗拿下，全部是普通蔬菜，什么炒红薯叶、炒红薯梗、煎红薯块。仇绍林笑着说："今天，你嫂子不在家，没办法，我只得亲自下厨，就地取材，炒几个绿色环保的特色菜，酒淡菜简，老同学你别见怪，多多担待。"

黄平这才知道，原来仇绍林是请他。仇绍林将黄平拉到饭桌前，将他按到椅子上，拿起桌子上的一瓶"仰韶"酒，递到口边，"嘎嘣"一声，用他的牙齿咬开瓶盖，将酒倒在酒杯里。顿时，酒香与煲鸡的香味汇合一处，瞬间将黄平的火气压住。仇绍林边举起酒杯边说："同学见面三杯酒，干了！"

黄平嘴巴嚅动了一下，没出声。仇绍林笑笑说："老同学，几年不见，脾气与学问一样大了。不过，我就是瞧得起有学问的人，守信守时。这不，我菜熟饭熟，你就准时到了。"

黄平和仇绍林是由小学读到高中的同学。黄平考上大学的那一天，落榜的仇绍林将他送到镇里，再送到了火车站，这才一个在火车里、一个在站台上挥手告别。黄平学的是农业科技，仇绍林选择在家种田。眼看着村里的年轻人一个个外出打工，像一只只不回归的鸟，剩下的除了老人还是老人，仇绍林好心痛，他当选村委会主任后，决心让家乡改变，要脱贫致富。

可是，村里状况摆在这，水田少、旱地多，种植农作物很辛苦。一天，仇绍林在新闻报道里看到了红薯的价值，遂决心种植红薯。可是，他辛苦了一年，亩产值不到一千元。仇绍林明白了，做任何事都得讲科学，他想到同学黄平，这才给黄平打电话。

说到这里，仇绍林用手扯下一个鸡腿放到黄平碗里，叹了口气说："老同学，你知道，科技兴国，科技兴农。但是，我还是吃了缺乏科技知识的亏，弄得事与愿违。你是省农学院的博士生，我们村的大才子，你若能帮我这个忙，有你的技术支持，我才有底气，桐树沟脱贫致富绝

对不成问题。"

黄平将酒杯推开，三两下扒了一碗饭，说："走，去你的红薯庄园看看。"

仇绍林也不再劝酒，与黄平一起来到承包地。

这是一大块向南的坡地，阳光温煦，不易积水。黄平弯下身子，抓把土壤在手里，双手碾压成粉，手指松开的时候，纷纷扬扬的粉尘在风中飘洒。黄平再拈起一小块土放在嘴里，慢慢嚼，朝仇绍林点了点头说："好地，是块好地。"

那为啥不高产？仇绍林虽然没有说话，但他眼里早就透出疑问。

黄平一掌拍在仇绍林的肩膀上说："老同学，回去吧，好好喝一杯，边喝边谈。"

两人促膝长谈了一晚，末了，黄平说："我回到省农学院打个报告，决定来渑池支农三年。"

现在，桐树沟成为全国闻名的红薯大村，红薯个大、饱满、皮薄、淀粉多、味道佳，是渑池的品牌产业，还准备发展集生产、加工、旅游于一体的乡村休闲产业。

就在黄平望着桐树沟心潮起伏的时候，仇绍林走过来。他一把将黄平紧紧抱住说："老同学，我不能自私，不能将你留下，还有很多县需要你。"黄平也紧紧抱住仇绍林，两人不再说一句话。

黄平上车离开时，仇绍林弯腰，撮起一把土，用布包好说，老同学，这个送给你，看到它，就等于看到家乡一望无垠的红薯地，看到乡亲们富裕后的笑脸。

行　走

　　你从一本书里走下来。书是一本崭新的书，封面是一辆飞鸽牌自行车，书名《行走》，作者是佚名。你是这本书的主人公。

　　在佚名的笔下，你是个大学生。但是，佚名将你写成狗粪做鞭子——闻又闻不得，舞又舞不得。因此，你被他给气出来了。你对他说："您既然这样认为我很差劲，那我就证明给您看，我们当今的大学生，是能够自强自立的。"

　　佚名看着你笑了："你怎么跑出来的？"

　　看着你不服气的样子，佚名颔首道："既然你从书里跑出来，那好吧，我就给你一次机会让你证明自己。你自己说，想选择什么角色，我按你说的修改。"

　　你听了，更来气。你说："谢谢您的好意，佚名先生，我还是继续做那个在街边收停车费的青年吧。"

　　佚名的《行走》就是写了你这样的一个大学毕业生，走出校门进入社会后，茫然四顾，不知所措，做不好一件事，啃老，更埋怨父母没本事，不给你一个安逸的家庭，连个女朋友也没有。佚名在书里拷问，我们的青年应该怎样行走于社会？

　　佚名盯着你看了一分钟，然后点点头，说："行，但是得打个赌。"

　　"没问题。"你很爽快，连条件也不问就答应。这样，你就与佚名打赌，接受他开出的条件，如书中所描述的那样不间断地在街道扶一个月被风刮倒的自行车。否则，他以后就将这本书束之高阁，不让你面世。

　　按佚名书中的要求，你来到了新华路。新华路是广州市的商业区，泛光的柏油马路将商铺一分为二，路旁是临时停车点，用白油漆画成一

个个四方形。书中，这条街道停车点的收费是被你母亲承包的。你望着鬓角已有白发的母亲，提出要求说接替她做一个月的收费管理员。

你开始进入角色。工作时间是从早上七点到晚上七点。第一天，你背着母亲交给你的包，来到收费路段。可是，你傻眼了，这里停的车都是汽车，没有自行车，难怪佚名与你打赌时有不屑的眼神，原来这是他设下的套，但你想活人哪能让尿憋死！

眼看着快到晚上七点钟，商铺纷纷拉闸，纷纷扰扰的街道顿显宽阔，你虽然累得腰酸背痛，但是，想到今天没扶过一辆自行车，这是要输给佚名的节奏。"狐狸！"你暗骂。想着他不屑的样子，一股不忿从你心底升起。你不信邪，睁大眼睛盼，还真的给你盼到了一辆自行车。推车的是个老师模样的女孩，她的车链子掉了。她的眼神投来求援的信号。你毫不迟疑，三下两下就给她弄好了。

你忽然想起与佚名打的赌，七月的岭南没有风，怎么能将这辆自行车刮倒？你灵机一动，事在人为。你连忙向自行车吹一口气，再手一松，自行车乖巧地按你的意愿被风"刮倒"在街面上。你接着很快地扶起，对女孩歉意地笑笑。你心里却是在大笑着："哼，佚名，怎么着？这第一天不就扶了自行车！"

到了第二天，你又遇到女孩，如法炮制。第三天，你依然遇到女孩，再如法炮制。后来，你想这样不是办法呀，如果依旧这样下去，会不会让佚名小看了，来来往往就这一个路数。你得想出新花样。第四天，你终于想出一个好办法，用笔在一张硬纸皮上写下一行大字：此处免费停自行车！再划出一处路段，将这张临时广告牌放好。

还别说，接连几天就停放了许多自行车。至于怎么刮风怎么扶单车，你心说，请允许买个关子，反正佚名也想象不到。

古人说得好，将在外君命有所不受。你离开了他的书，怎么书写你的人生是你的事，反正赢了这赌就行，你不仅仅是在为自己，也是为大学生们争口气。

如此一连29天都很顺利。不过，你在心里给自己立了个规矩，停

153

车路段主要为上班一族和老师、学生服务。他们都很友好，每天都将微笑留下，特别是那个你第一天就遇到的漂亮老师，她天天来。我知道她叫阿鹃。你开始揣摩，她是不是对你有那啥意思了。

可是，你终究是佚名书里的人物，不敢抱有幻想。就在 30 日那天，佚名如期而至，在咖啡馆里请你喝咖啡。你试探性地提出能不能再让你扶一个月的单车，说真的，你舍不得阿鹃。

佚名听后，"哈哈"大笑，趁你不备，一把将你推进他的书里，连忙合上了书。他说："你给我进去吧，终于骗你出来扶了一个月的自行车，这下子，我知道怎么修改这本《行走》了。"

真卑鄙！你现在知道自己被他利用了。你想在书里屙泡尿，毁了这本书，让他的打算落空，却听到他轻叹一声说："不过，你还是很优秀的，不像时下人们口里那样所说的百无一用，这样吧，我让阿鹃在书里与你相遇。"原来，在《行走》的初稿里，没有阿鹃，是他临时增加的人物。

佚名的这句话打消了你的想法，毕竟，能得到肯定与尊重是你想要的，更何况阿鹃也到了书里。

一副从城里来到乡下的麻将

你是一副麻将，有136块骨骼，底色是翡翠绿，面部是凝脂白。你产于羊城的一家高端娱乐用具公司，因此，你爱大城市，爱繁华，爱热闹，爱看街道上晃来晃去的女孩的美腿、小蛮腰和高耸的酥胸。可是，事与愿违，你被帅哥买了去送给他住在乡村的父亲。

你记得那天帅哥买下你，又买了一个提包，虔诚地将你装了进去。你大惊却又无奈。你如同一个盲人。当时，你的世界只有一个色调——黑。

等你看到阳光的时候，你却想哭，太陌生，太寂静，这是啥地方？你看看四周，没有汽车，没有霓虹灯晃到心里的七彩光亮，房子是新建的，但没装修，墙上挂着一个老式壁钟，发出"嘀嗒嘀嗒"声。原来，你被送到一个小山村。

你有了新主人，是一个老人。他虽然背驼、腰弯、白头发，但有帅哥的影子。你眯着眼想了又想，便猜到他是帅哥的父亲。这个人模狗样的帅哥，竟然将你当着礼物送给他乡下的老父亲。你哭你闹！你一点办法都没有，你慢慢地学会了安静，更学会了与老人对视。

老人的眼睛有些浑浊，但你一眼就看出那浑浊里有无限的思念和忧郁。你知道他肯定是想儿子。

老人很喜欢你，天天抱着你说："我的崽是个孝顺的崽，给爸买麻将，有了麻将日子就不难挨了，崽在那边好好打工，房子装修需要钱，你婆屋里（老婆）也需要钱，爸一个人过得去，别挂念爸。"

这一刻，你才理解了帅哥，也原谅了他，现在的年轻人也是不容易啊。

相处的时间长了，你与老人就厮混得熟了。老人很有意思，一个人将你摆在桌面上玩。他将你码在一张八仙桌上，也是分四方，他轮流着替每一方摸牌出牌，吃胡、放炮、自摸，老人玩得兴致高昂。但时间久了，老人就腻味了，也不怎么搭理你，只静静地发呆。你知道老人是想帅哥。老人想了好久，也许是想累了，又重新将你码好，又一遍遍地玩。

以后的日子，老人开心你开心，老人苦闷你也苦闷。一天，老人忽然脸上带着笑容，对你说："我们来带点彩头吧，干玩，一点味儿也没。"

老人说玩就玩。老人对你说："不能玩大的，那是赌博，就玩一二三，崽说过小玩怡情。"老人开始是一个人玩，几天后，就觉得不过瘾，对你说："这带彩头的还真得四个人玩才有意思。"老人一拍脑壳说："哦，那就喊郝才、老木和刘婆过来，一起玩。"

老人拿块木炭，在桌子上边写边对你说："这里坐着的是郝才，前年就死了，享清福去了；这里坐着老木，这家伙去城里与他崽一起过了，闹了很多笑话，说抽不惯城里的贵烟，要抽农村这种便宜的烟，但城里怎么也买不到，他的崽孝顺，老是开车跑农村买烟；这里是刘婆，刘婆最喜欢打麻将，以前经常去别的村子找人玩，那次怎么就跌倒了？就去了，现在我有了麻将，死婆子却不在了。"

你看见老人眼睛湿湿的。老人在最后一方写了一个"我"，说："这方就是我。"老人又在每一方放了八十块零钱，说："老伙计们，八十块，够了，能输光八十块的，那你就够背，没火气，活该。"

你看着老人围着桌子转起圈来。一开始，老人玩得有滋有味，不论是谁吃胡都很开心地笑，特别是他自摸爆和时，居然常常玩得忘记吃饭。你看着也乐。有一次，老人手气太背，八十块差不多输光了。你看见老人盯着你看，脸色有些异样。老人喃喃自语："老伙计们，对不起了。"

老人接连来了几个自摸。老人没笑。默然一阵，老人对你说："总是对崽说做人要诚实本分，今天自己怎么做出这种事！"你看出老人很惭愧。此后，老人就不玩带彩头的。

有几次，老人拎着你满村庄转。你知道老人是找人玩，但就是凑不齐四个人。老人说他不能去别的村，怕像刘婆一样，让崽在外面不能安心打工。后来，再后来，你看到老人的腰更弯了，老人就抱着你晒太阳。

从日出晒到日落，从清晨坐到黄昏。有一天，老人说今天不晒太阳，说要睡觉。老人拿出手机给帅哥打电话，但没人接听。老人就抱着你一起睡了。老人这一睡下，就再也没醒来。老人脸上的微笑，你看了却恸哭。

在开往故乡的火车上

老铁坐火车，如坐在钉子上，扎他屁股，更扎着他的心，十几年来，痛感从没减轻过，尽管这次换乘的是刚刚开通的，时速达300公里的高铁。

老铁的纠结来自那一年，那时他还叫小铁，28岁，坐的是绿皮火车。小铁因单位倒闭，不得不乘上"东南西北中，发财到广东"的东风，一个筋斗云就到了千里之外的广州。离乡别土时，小铁亲了老婆亲孩子，亲了孩子亲老婆。

小铁搂着小小铁说："等过年，爸给你买最好吃的回来，管饱。"

小铁这一去就是四年，不过年年都会不远千里返家过年。转眼第五年的年关又到了，小铁发现自己犯了一个不可饶恕的错误，没有预订火车票。小铁忘了这几年涌入珠三角的打工者以倍数递增，火车票在这一年开始要提前预订。小铁没了主意，急得团团转。

无路可寻的小铁去找黄牛党，对方说："一口价，票价加500元。"

小铁到底年轻，有脾气。他大吼一声："老子不如去坐飞机。"

好在天无绝人之路。小铁遇到老乡，老家邻市的。老乡见老乡，虽然不是两眼泪汪汪，但那份亲切，无法言说。

对方是一男两女。小铁一脸焦急状。男老乡思忖了一下说："不用担心，我有办法。"三个老乡先进火车站，不一会儿，男老乡出来，手里攥着他们刚才进站的火车票，塞一张到小铁手里说："走吧，老乡，只要进了站，不会再查票的，可以在车上补票。"

挤进车厢，像进了难民营，不仅每一排座位超员，连过道上也无插针之缝隙，更有甚者睡到座位下。小铁用准备好的报纸垫着屁股，挨挨挤挤地坐下去。这时候，车厢里温度急剧上升，又嘈杂，列车员在韶关出来查了一次票，此后，除了车到站出来开车门外，再也不见人影。

恍恍惚惚中，火车到了郴州，小铁在梦乡中徘徊，他梦到有手在身上摸，是一寸衫一寸衫的那种摸。小铁愣怔后清醒了，意识到遭遇了小偷，遂眯缝着眼偷看，旁边还站着好几个呢。小铁原本想跳起来反抗的，转而想到钱藏在腰间皮带里，就由得这伙贼人"玩耍"。想到小偷一无所获的沮丧样，小铁心里偷着乐。等到贼人走了，才微微睁开眼，发现很多人都是醒着的，小铁暗暗生气。

过了好久，四周一片鼾声。小铁也有了睡意，忽然瞥见那几个贼人折返回来。这一次，他们用刀片在做着"手术"，给每个人的裤袋和皮包开一个"嘴巴"，时不时就有"嘴巴"吐出一沓钱。小铁吓了一跳，他很想吼喝一嗓子，惊醒车厢里睡着的人，但贼人手里的刀片闪着寒光，小铁不由自主地哑了喉咙。当贼人的"手术"做到老乡裤袋的时候，小铁想到老乡帮自己进站的恩情，想呵斥，但又一想，若贼人来对付我咋办？出了事家里老婆孩子咋办？想到这，小铁的勇气就泄了。

又过了许久，大家先后醒来，一个个惊慌地扒拉着被划破的裤袋和皮包怒骂起来。男老乡恨恨地骂道："这些吃枪子的小偷，我的钱藏在鞋底里，他们也搜得到，回家咋和我老婆交代啊？"

女老乡则是大哭，拍着大腿哭："刚才我看到他们搜过老乡的身，以为不会回头，就放心睡觉，我母亲治病的钱，我孩子的衣服、读书费用，全没了……"

一时间，骂声此起彼伏，像深秋里的蝉鸣，十分悲怆。小铁的心刺痛着，但他也装着刚醒的样子，义愤填膺着。

十几年来，老铁觉得自己欠着老乡一个道歉，心里憋得难受，期盼有一天能当面道歉。今天，老铁又在想着那件事。这时，一个西装革履的男人坐到老铁身旁的空位上，将老铁的思绪从十几年前的时空里拉回来。老铁惊问道："你是……老乡！"

那人听到，扭过头，愣怔着，看着老铁微笑地问："你是……"

老铁这才知道自己认错了人，遂讪讪道："对不起，我认错了……"

那人见老铁心事重重的样子，便与老铁攀谈起来，原来是同一个市区的。当老铁聊到自己的烦恼时，老乡沉吟了一会儿，轻轻地拍了拍老铁的肩膀说："老乡，他们应该不会责怪你的，这事搁谁也怕引火烧身，谁没个牵绊？家里都有父母老婆孩子。"

老铁一听，眼睛发湿。过了一会儿，老铁抹了一把眼睛说："谢谢老乡，恐怕这辈子我再也遇不到他们了，我明年也不再出来打工。"

车窗外，冬日的余晖呈橘黄色，温情脉脉的，像老铁的脸。

找　茬

夕阳下，站在田埂上的张保凌极目四望，是一望无涯的农作物。这是森园农耕区，被种植商承包后，种植绿色蔬菜。黄昏的风吹个不停，此刻，张保凌的心情与森园农作物的绿浪一起翻滚，因为，他听到了许多不利于他的言语。

张保凌是森园农耕区招聘的技术员，试用期一年，若能通过试用期，就会正式成为森园的一员。张保凌是董事长亲自招聘的，直接受董事长领导，别人的试用期最多三个月，董事长对他特殊对待，试用期是一年。不过，再过两个月，他的试用期就满了。

已经习惯了森园公司一切的张保凌，对这里的每一块田地每一株农作物都产生了深厚的感情。但是，他心里也没有底，不知道自己能否留下，因为近来发生的许多事情令他心烦。张保凌是想在试用期内攻克有机肥发酵去毒，有利于蔬菜快速生长的技术。这是他在读大学时就有过的设想，出了大学门也一直在研究，只是设备条件有限，无法正常研究。他听说森园招聘技术人才时，便夹着行李和资料前来应聘。果然，森园不负他，设备齐全，适合他施展技术研究。张保凌就像一尾鱼，在技术这大海里任意畅游。

张保凌明白，只要攻克了这项技术，对于农作物生长是一次质的飞跃，不仅森园公司的农作物依旧是绿色环保的食用作物，还可以大幅提高产量，缓解城市供不应求的米袋子、菜篮子窘境，更可以推广到全国各处农作区，这可以说是农作物的一次技术革命。

"张工，最近老是有人投诉你，说你搞单干。"这时，有个人来到张保凌身边，拍着他的肩膀说。张保凌回头一看，是人事部经理老周。

张保凌确实一直在单干。他知道，自己这项技术是不愿与他人一同研究。张保凌看了看老周，又望了望菜田，张了张口，正想找个合适的话语回答，老周又说话了。老周说："董事长让我告诉你，说他相信你，董事长说人才难得，你这样的人才他喜欢，不必要去担心那些流言蜚语，专心研究就行。不过，董事长又嘱咐说，让你每天按时下班，别加太多的班。"

张保凌听了，很感动，因为被董事长信任。他也决定，以后为了避免成为别人的靶子，引起别人的误会，准时下班。但是，这样一来，他就无法加快研究的进度。于是，张保凌下班时将一些研究资料装到包里带回家继续熬夜研究。一个月后，老周又找到张保凌说："张工，又有人投诉你，说你将公司的资料带回家，这样会泄漏公司机密。"

张保凌听了，心里很生气。当初，张保凌从东北回到家乡，就是听说了董事长为了支持家乡发展，开发蔬菜种植业，要让大家从无到有、从有到富，让家家户户走上脱贫致富的路。是董事长的事迹感动了他，他想有了这样的带头人，自己得为家乡做点什么，便辞去那份待遇优厚的工作，回村里帮助森园发展。现在，这些人还横挑鼻子竖挑眼，鸡蛋里面找骨头。张保凌正想说什么，老周说："张工，我知道你的心意，董事长更知道你是好意，来，什么也不说，今晚我请客，去酒店碰几杯。"

张保凌回头想想，自己将公司资料带出公司确实违背了公司的规章制度。他对老周说："老周，我这是为了公司，不得已而为之。"老周说："别多想，董事长信任你就行，走，喝酒去。"

很快，张保凌的试用期已到。不过，他也攻克了这项技术。张保凌兴奋地整理好研究资料，准备去找董事长时，老周来了。他说："张工，董事长今晚请客。"

说是酒宴，却是在董事长家里，也就张保凌、老周和董事长三个人，只有几碟家常菜、一瓶拉菲红酒。董事长边夹菜给张保凌边说："张工，我对你有很多意见。"

张保凌大吃一惊，原来这是辞行饭。张保凌站起来，急切地说："董

事长……"

老周见状，连忙伸手按下他。老周从放在一旁的包里拿出一份大红聘书，递给张保凌，说："你被公司录用了，董事长对你赞赏有加。"

"那，董事长为啥对我有意见？"

老周笑了说："你这书呆子，董事长是让你劳逸结合，不仅要好好工作，更要好好休息，董事长几次让我传话给你，是爱惜你。明着劝说你，怕你不听呢。"

村 党 支 部 书 记

年味还在雪地上滚动的时候，一个振奋人心的消息，在"七沟八疙瘩"的龙庙村如同滚雷一样炸开。

刚过春节，拜完年的村民们看到，村党支部书记张叔在村口叉开两根麻秆儿一样的腿，一只手端着烟锅，一只手举到头顶挥动着，说："大家听好了，今年不愿意外出打工的村民都来我家的果园做事，合同一月一签，工资一月一结算，底薪加提成，多劳多得，行不？"

一番话如同强力吸铁石，将村民一群又一群地吸到村口。村民李瑶就问："张叔，我在北方打工一个月可是 30 多张红票子。李明也跟着起哄："我在广州最少也有 40 张呢。"

张叔听了，笑了笑，清了清嗓子说："实不相瞒，我这果园还没有到挂果的时候，现在一个月给你们开三四千的工资，确实没有那个经济实力，但几年后，保证行。不过……"

说到这，张叔卖了个关子，故意掐断了话头。

"不过什么，张叔？"李瑶与一些村民着急了。

"我想问问你们，你们出门在外，有合口的饭吃不？"张叔笑着问。

大家一怔，不知道张叔葫芦里卖什么药。李明据实回答："食堂饭，不合口味。"

"有与堂客亲热的地方不？"

大家纷纷不好意思地笑。李明又说："厂里给安排了夫妻房，但小得像家里的厕所。"

"有在家里这么无顾忌吗？"

大家你看看我，我看看你，不再吱声。

"是啊，不说话了吧，老婆孩子热炕头，谁不想啊！别说这些吧，大家想在家里做事，想做就做，累了就歇，更主要的是不会荒废孩子，还可以照顾家中老人，是不是很好？"

大家说："好！"

"再过几天就是元宵节，大家闹了龙灯，吃了元宵，都来我家报到，我安排你们上班，工资按时算。"

龙庙村是渑池县的贫困村，土地贫瘠，坡地居多。张叔就想法引进资金，依靠村旁石门河搞起漂流旅游业，但只能解决一部分村民的生活。后来，他又想到科技兴农，于是种植适合龙庙村土壤、气候的牛心柿、苹果等果树。张叔想，等自己种出规模，得到效益后再推广给村民。

张叔说干就干，一次性流转了两百多亩坡地。

几年打拼，果园颇具规模，一株株果树见高见长，眼看再过一年，就该挂果了。可是，他的身体不合时宜地出了故障，老是蹲茅厕屙不舒畅。起初，他不怎么在意，后来屙屎屙尿都见血，这才进了医院。拿到检查结果时，是患了膀胱癌。

这一刻，他顿觉天旋地转，他怎么能在这时刻病倒……

医生建议他住院治疗。他轻轻摇摇头，拿了药回家。面对家人的问话，他轻描淡写地说："是痔疮。"

他知道自己的问题有多严重。他抚摸着果树说："伙计们，你们得好好生长，不能像我一样，我也决不能让你们像我一样生病。但是，以后，谁来看护你们呢？谁来给你们施肥、捉虫、剪枝除草啊！"

这一着急，他决定劝说外出务工的村民，提前跟着自己干。

元宵节一眨眼就过去了，但是，来登记的人却不多。李瑶告诉他："张叔，大家说您搞的漂流项目赚钱，说那好项目是您儿子在干。"

漂流项目确实是张叔的儿子带着一帮人在干，可是，那也是没法子的事。几年前，他引进投资，但就是找不到工人，无奈之下，才让儿子辞职回来带着一班人撑起了这个项目。

张叔笑了，知道村民的小九九。第二天，他又在村口叉开麻秆儿一

样的腿，站在村口说："谁愿意在果园做事的，就在果园做，愿意去漂流项目那干的，我安排你去漂流那里干，大家说好不好？还有打工不是长久之计，你们有了技术，也流转土地，自种果树，技术方面的问题，我绝对全力支持。我看几年后，外面的工厂给个经理你做，你们也不想去了！"

李明听了，想想确实如此。他立刻止了脚步，一把扯住堂客说："我们还出外干球，回家去，跟着支书干！"

一行人都将往外跨的脚步收住，来了个向后转。

几年过去了，现在龙庙村每家至少都有一百多亩果园，至于村党支部书记张叔，更甭说了，虽然还是麻秆儿的腿，但身体依旧撑得住。不知谁说："张叔那杆不离手的烟锅咋就不见他端了？"

朱　砂

你本来有很多伙伴。在养猪场的那些日子，你很快乐。一天，养猪场老板一双眼睛盯着你看，看着看着就升温、灼热、冒火，骂道："畜生，都几个月了，怎么养不大！"说着说着他就很生气，似乎是怪你欺骗了他。他拿起藤条就狠狠地抽你。长不大也不能怪我！你心里吼道，疼痛令你无法忍受，"哧——溜"，你一下跳出猪栏，跑了出去。

因此，你成了一个流浪儿。你打听到城里的生活比农村好很多，就毅然进城。可是，没过几天，你发觉城里的人很奇怪，都戴着面具，面无表情。不过，这不是你来的目的，你说你不是社会学家，管那么多干吗？你在街上流浪了很多天，一直都没有人理你。你知道，城市里面的人都只会养猫养狗，因为他们说宠物猫和宠物狗很可爱，谁来养宠物猪，除非他脑袋瓜进水了。

好在城市里食物很丰富，市民会按时将吃不完的饭菜扔出来。你不缺吃的，饿了就去垃圾桶里面找，随便一扒拉，就有很多泰国米煮的米饭、北方馒头、天津包子，还有肉，唯一遗憾的是没有青菜。没有就没有吧，青菜有什么好吃的，你以前在农村吃得肠胃起老茧。

你就这样在街上流浪了很多天。你知道人们都忌讳猪。他们说猪来穷狗来富，猪不吉利，所以，都不养猪。你想，没人理很好，自由自在。可是，一眨眼冬天到了，北风吹得你皮肤起疙瘩，天又下起大雪，你没有住的地方，只能站在街边上瑟瑟发抖。

一天，你幸运地遇到了你现在的主人。他说的一句话令你大喜过望。他说："好可爱的一只小猪啊！"你欢喜得掉下泪，终于有人说你是只很可爱的小猪。你就跑过去，头蹭着他的脚。主人西装革履，看样子不像个坏人。他用手轻拍你脏兮兮的背说："以后跟着我，不会挨冻受饿。"你欢喜得连连点头。

你跟主人一起到了他的家。令你大失所望的是主人的住房条件很差，一间小屋，横走十几步，竖走也是十几步，摆设除了衣柜、床和桌子，还有一张很大的书柜。你看了看主人就钻到床底下去了，你的意思是你不占空间。

主人笑着说你怎么可以睡铺底下，得给你弄一间房子。主人当晚就在阳台上给你做了一间小房当卧室。

主人每天七点钟起床，八点钟去上班，晚上七八点钟才回来。他把你关在家里，但是，也会抽时间带你去街上遛遛。你知道主人过得很拮据，毕竟是一个打工的。你就想，得知恩图报，但怎样报恩呢？

第二年春的一天，你又逛到乡下去，终于打听到一个报恩的办法。你打听到牛的肚子里长的牛黄价值连城，而猪的肚子里长的朱砂，也同样价值连城。你就想，若是你的肚子里长了朱砂，你的主人不就可以买得起房子了。

你还想打听得更准确一些，可是，遇到了养猪场老板，你不得不跑回城里。不过，你知道要想肚子长朱砂，就得吃几种草药。你打开主人的书柜，里面有很多艺术、医学方面的书，你在医药书里翻看到那几种中药，你就想，得想办法让主人买给你吃。

此后，主人买肉给你吃，你摇摇头，不吃；主人买饭给你吃，你也摇摇头，不吃。主人看到你不吃饭越来越瘦，不知道是什么原因，很忧虑。你也是很着急，怎样与主人沟通呢？你终于想到一个办法。你将医学书咬出来，翻开那页介绍中药的页面，再用另一本书把它压住。主人很聪明，看到你在笑，说："原来我的小猪要吃这几种中药，那以后我就买回来给你吃。"

转眼一年过去了，你觉得肚子里的朱砂渐渐地成型。夏天的一个中午，主人见你热得趴在地上，就打开电风扇给你吹。你还是热。主人就拿了他喜爱的折叠扇给你扇。这时候，门"砰、砰、砰"地响。主人打开门，你蒙了，是养猪场老板来了，身后还跟着两个警察。他指着你主人说，这头猪是从我养猪场跑出来的，我找它一年半了，原来是你偷了。

混蛋！你愤怒了，被逼出一句人话。你心里明白若还留在这里，就会给主人带来无尽的麻烦。你跃上窗口，纵身跳下去。你悲恸的呼喊在这如刀山般的楼房间荡来荡去："主人，记住我肚子里的朱砂是您的！"

孤独如花

从《朱砂》看小小说的文学担当

周其伦

旅居在广东的余清平，是一位文学创作形态非常多元的作家。我特别佩服他的是，不仅创作精力相当丰沛，对待作品的态度严谨，发表的作品也呈现出百花齐放的绚烂，这是作家自信的一种精神状态。我读过他的中短篇小说和评论文章，都值得肯定。在这里，我想谈谈他的小小说。记得2019年深圳市的《宝安日报》，曾经发表了他的一篇小小说《朱砂》，当时就获得了不少的好评，时间进入到2020年，他的这篇作品被《微型小说选刊》选载后，便再一次引起了人们的关注。

说起小小说这种短小精悍的文体，早年我也创作过，也有一些作品在报刊上发表，但我这个人在写作上耐心不够，最终没有坚持下来。在这些年的阅读中，小小说是我喜爱的一种文体，因为小小说大多贴近现实生活，在极小处展开叙事，渐渐成为多数人都能够参与创作、参与品评的文学实践。余清平的小小说也是在平民百姓喜闻乐见处折射出人性的光辉，多数作品所反映的内容非常贴近百姓的生活，很容易引起广大读者的共鸣。在当下节奏快速的时代里，他与日益壮大的小小说创作群体一道，逐渐成了文学界一个很有意思的沸腾景观，这是我们应该特别去研究的现象。

认真地考究起来，大凡是小小说佳作，不单单是篇幅的短小，而以小见大中，我们透过作品的思想性去获取文学意义上的宽广博大却是不可或缺的。在我的印象中，历史上这样的名篇佳作也有不少，比如李本深的《丰碑》、冯骥才的《黄金指》、孔立文的《半壶水》等等，都曾经在思想的深度和广度上，极大地丰富了我们对小小说的认知。这样的作品以小见大，以篇幅短小、单一性叙述、人物单纯、细节精简为外部特征,却在选材精、结构巧、含意深等方面充分体现了小小说的艺术张力。

所以，我们在分析一篇小小说如何在人物形象的塑造、文学典型意义的构建、和谐社会氛围的烘托中，如何更好地表现出人性的幽微，揭示出作品的深刻内涵，让读者更能够准确了解作品所表达的丰沛含意和主人公刻画的独特手法，便成了许许多多作者在创作过程中首先要解决的问题。余清平的小小说新作《朱砂》，就做得内敛而紧致，让人读来感慨多多。

《朱砂》是以一只小猪为主人公，作者非常用心地赋予它人性化的思考，用它的视角、它的心思去感悟和观察世间的纷繁与万象的意趣，显示出作者超拔的文字拿捏和建构功夫。《朱砂》温情而冷峻地宣示着人与大千世界的一种关联情绪，在那看似不可逾越的秩序分野中，表现出个体不甘命运的抗争。同时，作品还从一只小猪的独特眼光去观察世间万象的迷离和人们生活的随意，尤其是对人们心态浮躁、暴殄天物进行了无情的嘲讽，从一个全新的角度对人性的贪婪和掠取的无序进行了强有力的鞭挞，这就让《朱砂》有了广阔的解读空间。

作品里小猪原本的身份是养猪场的正式成员，如果它安身立命、按部就班地成长，也能够和其他伙伴一样完成一生的使命。不料小猪却禁不住养猪场老板的歧视殴打，毅然逃离猪圈流浪街头。正是在它的流浪过程中的奇遇，才展示出作品维度多重的意趣。在这里，小猪目睹到街头的灯红酒绿和市井的喧嚷闹腾，而收养它的打工者在生活非常拮据时还想方设法喂养它，小猪便萌生了为主人贡献出朱砂的念头。结尾处养猪场老板的现身，使得整个故事更加一波三折。

余清平有不少篇小小说进入全国各省市中学生语文试题，有的被纳入中考语文试题，这是对他小小说价值的认可，更说明了他的小小说值得称道。比如《朱砂》别具一格，饱含着多重寓意，显示出一种卓尔不群的文学担当。

用脚步丈量写作之路的南漂一族

——访谈南漂广东作家余清平

王淼

又到夜深人静时，余清平依旧如往常的夜晚一样并不麻利地敲击着手上的键盘，眼下写的这篇小小说是他三年来的第300篇作品。十几年来，这样的夜晚对于余清平来说是家常便饭。

如今，余清平已经是一位名声渐起的作家，他的笔名"砌步者"被很多人熟知，但很少有人知道，他最本真的身份就是一名极其普通的打工仔，而正是这位普通得不能再普通的打工仔，在2017年底与著名作家莫言一起拿了全国小说大奖。

2017年12月，由中国小小说重镇武陵区和《小说选刊》杂志社联合举办的2017年"善德武陵"杯全国微小说精品奖评选活动在武陵区举行。余清平凭借着小小说《一副从城里来到乡下的麻将》获得一等奖，与他同获一等奖的还有著名的诺贝尔文学奖获得者莫言。说起这部作品，余清平有喜有悲，喜的是他的作品能得到认可，悲的是这篇小说中所讲述的经历。他说："麻将是自己生活的一个点，我父亲以前不喜欢打麻将，老的时候爱好打麻将了。我们家里打得不大，一天几十块钱输赢，我也想让父亲打。2007年父亲中风，我们回去他责备我们说不用回去，不缺什么，就缺一副麻将，后来我就在广州买了一副麻将寄给他。父亲就说广州麻将家里人喜欢，都愿意去打，就是这一个点，我想写成留守老人的孤独，就虚构了，把农村老人的孤独形象写出来。"

余清平读了一段原文：

你是一副麻将，有136块骨骼……老人拿块木炭，在桌子上边写边对你说："这里坐着的是郝才，前年就死了，享清福去了；这里坐着老木，这家伙去城里与他崽一起过了，闹了很多笑话，说抽不惯城里的贵烟，要抽农村这种便宜的烟，但城里怎么也买不到，他的崽孝顺，老是开车跑农村买烟；这里是刘婆，刘婆最喜欢打麻将，以前经常去别的村子找人玩，那次怎么就跌倒了？就去了，现在我有了麻将，死婆子却不在了。"

你看见老人眼睛湿湿的。老人在最后一方写了一个"我"，说："这方就是我"……

有几次，老人拎着你满村庄转。你知道老人是找人玩，但就是凑不齐四个人。老人说他不能去别的村，怕像刘婆一样，让崽在外面不能安心打工。后来，再后来，你看到老人的腰更弯了，老人就抱着你晒太阳。从日出晒到日落，从清晨坐到黄昏。有一天，老人说今天不晒太阳，说要睡觉。老人拿出手机给帅哥打电话，但没人接听。老人就抱着你一起睡了。老人这一睡下，就再也没醒来。老人脸上的微笑，你看了却恸哭。

这是《一副从城里来到乡下的麻将》部分节选，余清平的老父亲已经过世8年了，这些年来，这种悲伤的情愫一直盘亘在余清平的心中，难以抒发，直到去年的一天，对父亲的思念之情、对农村留守老人那种孤独无助的悲悯之情一起涌上余清平的心头，让他不吐不快。他告诉我，他的思维突然好像山洪暴发一样，那天去炭步镇塱头村听粤剧时，看到那些老人家就想到父亲，就想今天一定要把这篇小说写出来。五点钟开始写，写了3个多小时，那天他写了1800多字。

这篇作品几乎是一气呵成，余清平看了看整篇文章还算满意，但也很仔细地听取了一些名家的建议，又推敲、打磨了一番。其间，有人建议说题目长了，小小说很少用十几个字的标题。标题他还是坚持不改，但内容减了300多字。他说标题改了很难跟作品的内容结合起来。麻将是怎么来的？为什么从城里到乡下？麻将寄托了什么？这样的标题就把广州和他的老家紧紧相连了。

终于，文章定稿了，但发表的道路却又几经坎坷。他说："写好了第一个就投了家省报，一个月以后没消息，我知道一个月没消息就应该不会用了，后来投了家省刊，过了初审，但终审时回复说不符合他们刊物的要求。再投到《百花园》，编辑吴万夫老师看过后，过初审了，我就等，第二个月就上到 2017 年第 4 期《百花园》刊物。这篇文章在《百花园》一过终审我就投《小说选刊》，初审编辑是申平老师。申平老师当月就回复了我，过审了，就上了《小说选刊》第 6 期。遇上好编辑很重要。"

虽然路途坎坷，但这篇文章所获得的认可让余清平大感欣慰："这个全国小说精品奖每年收稿都是收几万篇，我跟莫言、侯发山一起拿了一等奖。我当时不相信，我想怎么可能呢，跟莫言一起获奖，我以前拿了很多奖，但是没有拿全国性的，我当时心想不会是开玩笑的吧。但主办方之一的武陵区作协主席戴希老师在电话里说，这个怎么会是开玩笑，并要求我写创作感言。戴希老师我从没见过，但他的作品我早就读过。"

广东小小说学会会长申平看到这篇文章后也大加赞赏。申会长说："通过一副麻将这个视角，以第二人称的口吻，反映的是农村目前的生活现状，呼吁社会关注农村现实，关注农村老弱病残这个群体。作品反映了时代的某些侧面，对社会有警示作用，角度比较新，描写比较生动。"

其实，余清平的写作道路就像这篇小说的发表过程一样，并不是一路坦途。他从 2005 年开始就在 51 网、起点中文网、红袖添香网等网站上写作，崎岖的学习成长之路不需言说，但他从来没有放弃写作。2015 年，他转向纸媒投稿，至今已经在《小说选刊》《百花园》《微型小说选刊》《小小说选刊》《羊城晚报》《芒种》《短篇小说》《小小说月刊》《安徽文学》等 100 多家报纸和杂志发表短篇小说、小小说、闪小说、散文、诗歌、时评 300 余篇。其中《风中的小丫》《父亲》《红月亮》《关神》《断章》《一副从城里来到乡下的麻将》等都受到名家的高度评价。

2017 年，他的作品《义冢》还获得庆祝香港回归二十周年"紫荆花开"世界华人微小说二等奖。卧虎评价："他是最成功的南漂学员，也是高研班悟性最高的学员之一。三年时间，他用《风中的小丫》《红月亮》《一副从城里来到乡下的麻将》完成了自己小小说创作由凄美而深情而沉雄的三级跳，并取得了 2017 年度和莫言一起获得《小说选刊》微小说一等奖的殊荣。南漂是他人生的转折点，南漂作品是他创作生涯的转折点。"

对于这些亮眼的奖项和高度的赞誉，余清平只是腼腆地一笑，他说，他现在还有很多不足，还有太长的路要走。这是他的原话："对我自己来说很不满意，大大小小的奖拿了四十几个，觉得自己还不到位。创作要持之以恒，不能半途而废。创作没有终点，死了也不是终点，因为作品要流传下去。"